BILLETS
DE CONTREBANDE

ALAIN CADÉO

BILLETS DE CONTREBANDE

(Inédits)

Texte

ÉDITIONS

LA TRACE

ÉDITIONS

L A T R A C E

www.editionslatrace.com
www.facebook.com/editionslatrace
FRANCE 2024

ISBN 9782487261082

Pour Florence et Jean-Philippe Lafont...
Âmes libres faisant partie de celles et
ceux qui ne renoncent pas et croient à
l'impossible –
Ainsi, quoi que l'on fasse, "poursuivre",
à contre-courant et en dépit de tous
les aléas, c'est ouvrir une brèche
vers ce mystère qui est en soi et qui,
par extension, délivre un peu le Monde
de son poids –

Les Mots, ces invisibles,
sont l'antichambre de la Vie –

Alain Cadéo –

Verbe

Vous remarquerez peut-être que ces billets, qu'ils soient le fruit d'une pensée, d'une anecdote, d'une soudaine révélation ou simple évocation d'un souvenir très cher, finissent par posséder une sorte de structure pouvant être l'objet d'un monstrueux roman en permanence inachevé. Roman dont l'écriture elle-même serait le personnage énigmatique, fuyant toujours devant.

Courir après cet animal changeant de forme à chaque instant fut ma joie et jamais un tourment. Et aujourd'hui, là, je voulais la remercier cette écriture, d'avoir été présente, sans faillir, tout le long de ma vie. Elle fut mon dragon, mon lion, ma belette, mon petit « cheval blanc ». Elle fut aussi ma symphonie, mon menuet, ma chansonnette. Je l'ai suivie comme un enfant, fasciné par ses couleurs, ses voltiges, ses ruades, ses merveilleux emballements et n'ai jamais douté qu'elle me menait, tout en jouant à me perdre, vers la claire lisière où sommeillent les vibrations secrètes du VERBE devant lesquelles tous les mots, humblement, s'agenouillent et se taisent.

Sans doute faut-il considérer que ces billets quotidiens se suivent, s'enchaînent, dans un ordre relativement chronologique, mais se laissant chacun totalement porter au gré de capricieuses inspirations et de ces vagues régulières venant frapper l'infranchissable porte des « pourquoi ».
Ils n'ont au fond d'autre fil conducteur qu'une obsessionnelle réflexion sur et autour de l'écriture… et d'autre but que de laisser parler la voix tiède et feutrée, belle amie bohémienne, de mes petits matins.

Tâtonnantes approches...

Commence toujours par une phrase telle, que toutes celles qui suivront voudront lui ressembler. Redoute plus que tout le remplissage, fignolage sans âme qui au fil des pages te perdra dans un dédale artificiel tout juste bon à créer l'illusion.
Le mot juste est aussi précieux qu'un animal de tête conduisant ses semblables vers les plus hauts plateaux de la Pensée, là où l'oxygène est si pur que tout l'être est rempli d'une totale densité. À mon avis, le reste est à sabrer. C'est le prurit des écorchés, décor et mise en scène d'opérette au service du roi de logorrhée. Que de livres en vain jetés sur le marché ! Quant à ceux qui contiennent bribes ou parcelles de vérité, ils s'envolent légers, comme buissons de plumes, bouquets de feux follets ayant juste effleuré le Verbe-mère qui est au sommet de ce volcan, au croisement du ciel et de la terre, là où l'Esprit est en perpétuelle ébullition.
Mais le point de fusion, centre des univers, d'où démarre sans cesse toute la création, nul ne peut l'approcher sous peine de brûler, irradié par une informulable et

immuable beauté auréolée d'un silence adoré où enfin, sans un mot, éthéré, tout est parfaitement et à jamais partagé.
Oui, je sais, vous voulez du sensible, du tangible et du vivant et pas de ce salmigondis d'outre-tombe… Et vous avez raison. Toute histoire a ses méandres et mérite qu'on la lise. Si je suis un peu abrupt dans mes jugements, ne m'en veuillez pas trop. C'est qu'à force de patauger dans le réel avec lequel je ne me suis jamais senti très à l'aise, j'ai emprunté des voies cousines, une autre lecture du Monde criblée de signes, rêveries, paraboles et métaphores. Puisant d'abord à pleines mains dans l'infinie richesse des sentiments, l'inévitable bond vers l'au-delà, comme une acrobatie entre deux pics, me tira bien malgré moi sur des hauteurs vertigineuses dont on ne revient pas. Et depuis j'en suis là, tiraillé entre l'envie de redescendre vers la vallée des ordinaires et une insatiable soif de ce qui, plus loin, demeure inexplicable. Je sais très bien que je ne franchirai pas le seuil d'un Ciel où les mots sont nuages changeants passant sans cesse. Pourtant, têtu sonar, ivre d'ailleurs, je grimpe sans

repères, d'un escarpement à un autre, vers l'au-delà, cette souple matrice me renvoyant sans cesse plus bas.
C'est le destin des hommes-dieux se prenant pour des aigles et qui de tout leur poids et de leurs lourds viscères se retrouvent à terre comme poulardes effrayées battant en vain des ailes pour fuir le carnassier qui, lui, d'un bond ne les ratera pas.

Écrire, c'est libérer l'Ailleurs…

Les mots sont les pics et les piverts de l'âme, en morse s'il vous plaît, tapant du bec sur les grands arbres qui ont des secrets à révéler, cherchant larves aux yeux ronds et noirs de hannetons, capricornes, fourmis, punaises au goût terrible d'alcools verts en âcre fermentation.
Je rêve aussi de sabres silencieux crevant et déchirant le ciel trop bas de nos esprits butés.
Les bons outils sont certes délicats mais avant tout il faut abattre les cloisons, les murs et les plafonds de nos casernes,

casemates et prisons, l'écorce de nos âmes. La masse et les ahans qui l'accompagnent sont je dois dire, pour un maladroit tel que moi, plaisir physique, sueur et joie. Je laisse le fignolage et la reconstruction au « margagneux » bricoleur, tout de finesse et de doigté, à l'œil vissé dans le pli des paupières, à la casquette de travers. Lui, c'est bâtisseur, appliqué, consciencieux, Naf-Naf de la brique chapitre et du sujet béton. Moi c'est démolisseur.Je ne suis bien qu'au milieu des gravats, poussière et courants d'air. Et puis je n'aime que les tentes et les cabanes de fortune qu'on peut plier, quitter, pour se carapater.
Ainsi, mes billets sont abris de nomades discrets, images d'Épinal sur du papier journal, colorés, sans attaches, inconfortables, déconcertants peut-être, froissés sous les rafales des vents désordonnés. Tu les lis, tu t'en vas, tu les plies ces cerfs-volants du jour, tu les enfouis, tu les caches dans tes poches profondes. Tu repars, plus léger que la veille, sans bien savoir pourquoi, comme tiré vers un drôle de rêve que tu gardes pour toi, de peur qu'on te brocarde, qu'on

se moque de toi, te disant : « Hé quoi, c'est ce vagabond-là qui t'as flanqué dans ces états ? Tu ferais mieux de tout lâcher, d'atterrir et d'aller travailler... »

Au bord, mais pas encore de l'autre côté...

Il y a ainsi quatre à cinq personnes à qui j'envoie presque chaque jour un pieux ragoût de mes piétinantes pensées. Chaque matin que Dieu fait, je cuisine à l'étouffée de petits textes plus ou moins aboutis dont je serais bien incapable d'évaluer la réelle saveur. J'y mets de tout, c'est pot-pourri. Ce sont des mots dont j'ai appris le possible mélange, y rajoutant sans faire exprès ail et persil et météores, craquantes escarbilles tombées du ciel dans mon œil droit, sans parler des fantômes et des âmes, du vent et des pourpiers et des marchands de sable déposant leurs aumônes dans mes poches trouées, mes vestes de velours et mon très lourd blouson de cuir dit « bombardier » mais qui serait plutôt du type « cuirassé ». Il fait craquer les glaces de mes aurores de chineur en quête d'introuvable.

Je ne m'inquiète plus de savoir où je vais. Car je trouverai bien ce qui m'est réservé. Et après ? Après, je ne saurai jamais comment et avec qui partager cette grâce qui nous fut accordée d'être pêcheur-chasseur de hiéroglyphes.
Souvent, même bredouille, je ne remercierai jamais assez le ciel, la mer, la terre, d'avoir pourtant croisé une poignée de vagabonds, hirsutes, fous, illuminés, qui comme moi toute leur vie, petits bonshommes singuliers, se sont risqués sur la banquise, la toundra des secrets. Comme moi, chaque fois, ils se sont cassés le nez, se retrouvant le cul par terre, aux portes d'un mystère que tous les mots du monde, même les mieux agencés, ne peuvent fracturer.

Rêvasser...

Il est bien entendu nécessaire de vadrouiller au gré des vents, de se laisser porter par des courants ascendants. Mais nous sommes lestés, coincés souvent par l'acariâtre et jaloux quotidien qui rechigne à nous voir disparaître dans les

nuées d'une irréelle pensée.
« Si tu cessais de rêvasser… » Quel enfant n'a pas entendu cette voix familière le tirer de ses songes ? N'est-ce pas pourtant dans ces ailleurs que nous cherchons, non pas à nous perdre, mais à retrouver ce qu'est l'essence même de l'existence… Cela me fait toujours songer à ces parents qui traînent leurs enfants, leur demandant d'aller plus vite alors que leurs petites jambes et leurs constantes distractions ne peuvent suivre les trajectoires « importantes » de leurs aînés. Il nous aura sans cesse fallu apprendre à accélérer pour d'un point à un autre bâcler nos vérités, oubliant que le vrai est loin des apparences, que le vagabondage est un maître à penser et que la rêverie est le plus sûr moyen d'ouvrir son cœur au Monde entier.

Vif-argent…

Lorsque tu te relis c'est bien la mort dans l'âme. Où est passé le sang qui courrait dans les phrases ? C'est aussi sec, figé, noir et vide qu'une forêt brûlée. Et tu éprouves l'immense lassitude de celui qui croyant avoir attrapé un éclair de lumière, s'aperçoit qu'il n'a fait que rêver. Une fois imprimés, les mots sont empaillés. Car leur vraie destinée c'est de tout abandonner, d'aller sans cesse de l'avant, de galoper sans fin après l'insaisissable « Animal » aux puissantes effluves, ne se montrant jamais.

Rien ne nous appartient...

Vous savez ce qui est bien ? C'est d'oublier le lendemain ce qu'on a écrit ou même fait la veille. Rien de pire à nos yeux que de tendre en avant son cou de coq tout déplumé pour brailler son passé. Se connaître par cœur ou même avoir l'outrecuidance de se citer, implique une mémoire d'acteur que je n'aurai jamais.
Si, comme je le crois, rien ne nous appartient, je ne vois pas pourquoi nous aurions le moindre droit sur ce qui est tiré de nos pauvres carcasses. Notre esprit tout entier ne fait-il pas partie du Monde dont il n'est qu'un reflet ? Ce qui nous a été donné ne peut nous appartenir.

Pourquoi dès lors se souvenir, s'accaparer, ce qui n'a fait qu'en courant d'air nous traverser. Nous ne sommes que simples passeurs et même notre nom nous ferions bien de le gommer.

Combien serions-nous légers si nous savions nous délester de ce que nous pensons ne venir que de nous-mêmes et qui en réalité ne fait que circuler entre les univers et nos mains de prétentieux copistes. Notre seul travail, c'est vrai, est de saisir à la volée, de traduire le mieux possible, ce qui nous est confié. Tout le reste est scolies, pattes de mouche, notes et comptes harpagonesques, ayant peu d'intérêt. Tout grand crétin estimant en toute fausse modestie avoir une pensée qui lui soit propre, semble avoir oublié qu'il n'est que l'instrument, violon, harpe, triangle ou sifflet, exécutant avec plus ou moins de talent, une partition sacrément symphonique écrite de toute éternité, mille fois recopiée et mille fois jouée, dont il n'est que le fragile et éphémère interprète.

La horde…

Lorsque tu ne sais plus écrire, laisse tomber les mots. Crois-moi, ils auront tôt fait de revenir comme chiens ou chevaux, animaux efflanqués après de longues fugues. Inutile de les maudire, ni même de les punir. Ils ont bien besoin les pauvres de temps en temps de te quitter. Ton chenil, ton enclos, ton poulailler de lettres, tes cages de papier, sont petits, tes idées sont serrées et eux ils ont besoin d'espace, besoin de respirer un air non grillagé.
Si tu n'es pas capable de leur offrir une totale liberté, laisse-les s'évader en dehors de ton chapiteau de caniches dressés. Tu tournes en rond sur ta piste étriquée.
À quand le grand voyage, bohémiens, vagabonds d'infortune, pâles errants des courants d'air sur des chemins de terre ?
À quand les glaciers bleus sous lesquels on chuchote en passant, par peur de les voir s'effondrer ? À quand le pur silence des vrais abandonnés ?
C'est lorsque tu n'as plus rien à quoi te raccrocher, vide, perdu, tout seul, gelé, qu'arrivent les roulottes et tes amis

voleurs des alphabets sauvages attrapés au lasso. Les accompagne, de boue, de neige et de poussière, une nuée ruant, piaffant, écumant, prête à tout bousculer. C'est le troupeau des indomptés. Et tout ce petit monde s'entend bien. Ça suit, ça t'envahit, ça te précède. Ça meugle, gueule, feule, aboie, hennit, glapit, en tous les cas ça roule et ça déroule, c'est la parade des affranchis, c'est la sortie de l'arche, les Mots rendus au bon plaisir de s'ébrouer.
Encore une fois, crois-moi, aucune joie n'est comparable à ce formidable laisser-aller, pandémonium des libérés…
Mais il vaut mieux qu'ici j'arrête… l'effervescence est devenue comme un péché.

Ce Tout que rien ne peut résoudre...

Tout, si nous pouvons à peine un peu l'envisager, contribue à aiguiser le sens profond et absolument vrai de chacune de nos existences. Que ce soit une rencontre, une relation, un travail aussi simple soit-il et à la fois éreintant, un regard autrement porté sur le Monde qui nous entoure, le plus petit détail, tout a son poids de vérité. Curieusement, loin de nous alourdir, tout nous allège et nous rapproche chaque jour un peu plus de ce que je serais tenté d'appeler le noyau affiné, insécable, l'absolue densité d'un « moi » strictement nécessaire à l'élaboration d'une autre Humanité tendue vers un secret dont elle détient sans même le savoir toutes les clefs. Ainsi chaque être lustrant, peaufinant, travaillant ce polyèdre parfait de la conscience, ne craint ni l'erreur, ni l'abandon, ni la solitude extrême, car il se sent toujours accompagné, soutenu par une sorte de pilote interne le menant par à-coups vers une ultime voie qui n'est rien de moins qu'un mystère, lequel depuis toujours, attend, dans une douce et infinie patience, d'être par chacun entièrement révélé.

L'Homme tout petit...

J'aime l'anonymat, parce que j'aime l'Humain qui tâtonne perdu dans la glace

des rues aux grands noms oubliés.
Ce Monde n'est pas le sien, il le sait. Il n'y fait qu'un passage en marcheur clandestin. Parfois il va, d'un palais aux cartons dans lesquels il se couche, sous des ruines d'hiver, crachin des boulevards, l'âme arrachée par d'obscurs conquérants.
J'aime l'anonymat pour ses rêves d'un Ciel qu'aucun ne peut décrire. Il y a ainsi des vies, des agonies, qui valent toutes les réussites. Ce sont quelques instants posés sur les veilleuses de l'oubli, tellement vastes, tellement justes, ouvrant les fontanelles, du haut d'un mauvais lit grouillant de drogues et de souffrance, d'humilité aussi. Le tout se tend en lettres d'or sur la carcasse du néant. Nulle part dans les livres, ni même au cinéma, pas de réseaux et pas d'échos.
C'est eux que je préfère. Car dans ses cris, ses gargouillis et ses silences, il y a l'Homme, tout petit, faisant cadeau de sa douceur à l'univers qui s'agenouille, devant ce rien, ce moins que rien, pourtant plus grand que lui.

Matins désenchantés

Et ce matin, sans voix, frigorifié comme un coq déplumé, j'allais, venais, d'une patte puis l'autre, bec doré, crête penchée, l'œil rond, parcouru de frissons, n'ayant pour but que de trouver la moindre graine, le petit ver à becqueter redonnant tout son sens à ma vie de volaille.
Ah il nous en faut peu pour mesurer notre existence ! Dans un carré de basse-cour, le plus petit individu n'a d'autre choix que de penser qu'il est le maître de l'enclos et, aussi ridicule qu'il soit, il agite ses ailes et caquète à l'envi, certain que le soleil se lève pour lui seul.
Dans son dos, rougeaud et sûr de lui, le seigneur de la ferme aiguise son couteau, se délectant déjà de cette poule au pot et ignorant lui-même qu'il finira ce soir, les yeux exorbités, dans quelques soubresauts. Et dans un rot à l'ail qui sera son « amen », il expire…ne laissant à ses proches contrits qu'un fumet mémorable digne d'un plat mal digéré.
On n'est jamais que le repas d'un autre, notre dessert sera toujours glacé et le soleil, levé, couché, s'en bat les flancs, de tout son rire de lumière.

Ce qui reste...

Ce que j'aime par-dessus tout c'est faire et oublier ce que j'ai fait. J'oublie même les mots que j'ai écrits la veille. Ce qui reste, au fond de nos mémoires, c'est le substrat, l'essence ou le vague parfum d'un au-delà, ou si vous préférez, cela nous est plus familier, d'un « autre chose », qui, bien que ce soit indescriptible, porte droit tous nos pas, comme un nuage ou une aura ou le sillage fugitif, quasi instantané, d'un météore, d'un éclat de phosphore dans une grande obscurité.

Il n'est qu'à regarder l'œuvre entière d'un peintre ou bien d'un musicien. Que de joies, que d'efforts, que de privations, de découragements, d'exaltations aussi, pour offrir au Monde un peu du cœur, du son, du sang de leur couleur. Et c'est pareil pour tout humain cherchant comme un damné à éclairer son existence. Au fond, quelque travail que l'on fasse, c'est bien pour repousser à coups de silex taillés, d'acier, de plume, d'archet ou de laser, petits outils de l'ingéniosité, la sale gueule du néant.

Et je le trouve bien touchant l'être vivant, malgré ses tares et ses faiblesses, ses ambitions, sa cécité, car à tâtons ou avec panache, en le sachant ou sans le faire exprès, il provoque et bouscule, s'agite, gueule, se manifeste sans arrêt dans un vide huilé, sourd aveugle et muet, qui chaque jour avale dans sa bien noire immensité son lot de vies par milliers avec la voracité d'un monstre insaisissable à la sève glacée.
Et il nous faut bien du courage, nous picadors d'un Kraken étoilé, pour sans cesse essayer de percer l'œil apathique d'un univers livré à lui-même.
Mais si tout cela n'était qu'un vieux décor planté puis oublié, abandonné par un Enfant boudant dans Son silence ? Mais où est-Il passé ? Allez donc Le trouver là où l'âme s'amuse... Car comme tout enfant, d'une rue, Il en fait une ville, d'une cabane Il en fait un palais, d'un terrain vague un champ de blé, d'un instant une totale et tendre éternité, de rien tout l'infini. Il est l'Intime le plus proche, invisible et discret, tellement étonné qu'on Le cherche si loin alors que depuis toujours Il est là, tout près, ne

lâchant pas notre ombre, nous tirant par la main chaque fois qu'on oublie qu'il marche et joue à nos côtés.

Larbin de l'Écriture...

Je suis un vieux domestique de l'écriture, un larbin en livrée de cette vieille et fantasque princesse. Elle m'aime bien je crois et à la fois ne cesse de se moquer de moi. Mon nez trop long, mon souffle court, mes manières, mes grosses mains de paysan, mes maladresses, mes approximations, tout la fait rire. Et à la fois, même vexé, ruminant ses bons mots, je me réjouis de lui servir de pitre, et pourquoi pas de gigolo.
Je l'ai servie du mieux que j'ai pu, moi, le semi-analphabète, le laboureur au cœur de percheron. Et je ne peux que la remercier de m'avoir accordé un soupçon d'attention lorsque penché ou à genoux, langue entre les dents comme un mauvais écolier, le plus délicatement possible, je l'aide à lacer ses brodequins, attendant qu'elle me livre, œillade et pirouette, un de ses vieux secrets.

Cette élégante, avec ses plus de cinq mille ans, son cortège de signes, a parfois des airs et la fraîcheur d'une jeune fille. Ses scribes sont légion et même si sa cour n'est plus ce qu'elle était, dans ses palais, ses parcs abandonnés, elle va, vient, court, se prélasse avec cet air qui semble dire : je suis la clef, personne ne peut me rattraper. On me frôle, on m'approche, on me courtise, on me singe ou me méprise, on peut même prétendre m'oublier. Toutefois, sachez-le, je reste et resterai la seule chair câline de toutes vos idées.

Drôle d'animal...

Au fond, ce que j'aime le plus c'est tout ce que je n'ai jamais su dire. Vous savez, ce blanc qui précède l'écrit. On part de bon matin à la chasse aux Chimères et on se dit : « Si jamais aujourd'hui jc pouvais au moins entrevoir l'une d'entre elles... » Alors on s'y met, au travail, à la traque, botté, stylos en bandoulière, l'œil aux aguets, l'esprit vif, filet et gibecière, nous les trappeurs, fébriles braconniers des idées d'or. Mais comme le dit si bien le proverbe, « Faute de grives on mange des merles ». Et ce que l'on ramène n'a jamais tout à fait la gueule ni même la consistance de ce qu'on espérait. On s'en contente et l'on a tort. À moins que nos Chimères ne soient au fond que le rêve nécessaire pour nous faire chaque jour espérer. Et l'on pense à part soi : « Demain, j'en suis certain, j'attraperai, c'est sûr, trois poils de cet animal là… »

Réussir...

Réussir, c'est « poursuivre ».
Ce n'est pas « arriver ».

Si tu ne sens pas ce que tu écris...

Si tu ne sens pas ce que tu écris, pose ta plume ou rabats le clapet de ton ordi, laisse les mots se bousculer dans leur désordre incohérent de tartuffes potaches. Ces salopiots, les plus stupides, ont la vie dure, ils reviennent en boucle gâcher ta quête de clarté. Ils mentent, te distraient, te font des pieds de nez, te déroulent sans

fin un lot d'insanités ou, mièvres rapporteurs d'un flot de choses surannées, ils inondent ta tête de leurs banalités.
Si avec eux tu ne sens pas ce que tu penses, dis ou fais, sors du troupeau des idées floues, enjambe le fossé qui te sépare des grands champs d'orchidées, prends le sentier de la couleuvre et des rosés des prés, celui des vagabonds, des oublieux, des sans but, sans raison, qui, à bonne et vive allure, nez au vent, prennent le pouls du Monde. Deviens avec chacun de tes pas le stéthoscope d'une Terre ne parlant jamais pour ne rien dire... et là, tu entendras les vieux mots d'autrefois, ceux qui ont ensemencé les ciels, les sols, les océans.
Prends, écoute, tais-toi, ressens. Un jour, plus tard, tu traduiras. Et même si tu ne traduis pas, tu porteras en toi l'indéfectible ardeur de la première Voix, celle qui ne ment pas.

Livre de clarté...

De deux choses l'une, ou l'écrit est la

simple expression d'une audace ou d'un réflexe purement existentiel affrontant la terrible grimace du néant, ou il est le prolongement délicieux et bien entendu approximatif d'une voix chuchotant l'arrondi des mystères. Auquel cas, l'écriture serait, comme les nombres et les notes, l'approche tâtonnante d'une déchirure permettant d'entrevoir une Lumière dont la Terre-matière ne serait que l'ombre calcifiée.

Ce qui me conduit à penser qu'il y a moyen et exigence incessante de traduire au plus près un ailleurs qui nous hante et nous enchante, ce sont les mille misères que l'humain endosse, résigné ou révolté, jusqu'au bout.

De quoi serait-il fait ce livre de clarté ? D'une promesse insensée dont le chant régulier chasserait les moindres brumes, finirait par dissoudre les épines du doute et rendrait enfin à chacun le sens aigu, actif et permanent de sa nécessaire et belle existence.

Nous, c'est ailleurs...

Je n'y vois pas clair et je suis épuisé. Je tourne en rond dans mon chaudron. Y'a pas un coin pour m'évader. La vie te chasse à coups de pieds. Les vieux chiffons de ton passé font que tu cuis à l'étouffée. Un peu d'air s'il vous plaît ! J'ai bien besoin de respirer, sans me soucier... sans me soucier d'une bien lourde humanité dont le cou se resserre, à moitié étranglée, asphyxiée par les nœuds coulants et les lacets que toute seule elle a posés. Un peu d'air s'il vous plaît ! Soyez gentils, laissez-nous donc la paix !
À la dérive, sans entraves, nous irons naviguer au gré des alizés vers une île cachée que vous n'aurez même pas l'idée de chercher car, grâce au ciel, elle n'est faite que de choses que vous méprisez : douces rêvasseries mais des plus inspirées, désirs les plus secrets dans un air si léger qu'une joie toute simple peut nous faire voler.
Alors je vous en prie, passez, passez, les importants, les soudards, les pressés, les guindés. On vous les laisse volontiers vos blockhaus, vos monuments, vos stratégies

d'enfants butés, vos gloires et musées.
Soyez les rois du monde entier.
Nous, c'est ailleurs qu'on veut aller.

Et votre éternité sera la somme de vos rêves.

Et puis écrire c'est chaque jour partir à l'aventure, c'est explorer avec la plus grande minutie possible chaque centimètre carré d'un cerveau en vadrouille. Ces moments quotidiens auront été et sont encore pour moi les plus exaltants. Chaque matin c'est l'heure des récoltes. Certains promeneurs de l'esprit se reconnaîtront dans cette quête se finissant peut-être dans une éclaboussante lumière faite d'un millier d'images juxtaposées. Ainsi, toutes ces heures passées à arpenter d'imperceptibles sentiers où chaque regard, chaque main, un oiseau, une pierre, un bout de bois, un chien, un scarabée, un nuage, un parfum, sont autant de signes nous invitant à aller vers ce plus loin qui nous fascine, toutes ces heures seront dans le panier, le baluchon de la dernière. (Et ce matin j'ai vu tourner un épervier aux ailes pointues et aiguisées comme deux lames. J'ai de la chance, je saisis tout ce qui m'est destiné.) Alors au fond écrire, c'est comme ce que font les gosses lorsqu'ils ramassent les brimborions et les bricoles qui sont sur leur chemin. C'est leur trésor. Alors je vous le dis, faut pas fouiller ni toucher aux poches d'un gamin !

Ultime...

Je me demande pourquoi je n'ai jamais dit à mon père, mais peut-être l'ai-je fait, je ne m'en souviens pas, à quel point il avait eu une vie, comme on dit, bien remplie. Pourtant rien ne doit être plus réconfortant lorsqu'on est seul et vieux que d'avoir un enfant vous assurant le plus sincèrement du monde que votre vie fut incroyablement droite et belle. Comment savoir soi-même, quoi que l'on ait vécu, si tout cela avait du sens et quelque consistance ? Le vide est la matrice de toute boule de cristal. Et celui qui sait d'un doigt la faire tinter, la remplit à nouveau de ces milliers de paillettes, sensations et images, qui furent

l'essence et la matière même de chacune de nos existences.
Sans rappel ni témoignage tout se dissout et disparaît dans un oubli parfait qui est le prélude au grand passage.
Et alors Dieu seul sait quelle sera la vision, loin de tout, sans partage, qui t'accompagnera, basculera avec toi dans d'ultimes ténèbres où, passés la peur et les regrets, tout sera balayé par et dans une Joie ineffable.

Nos paradis...

Si l'Humain veut sa fin, il en a désormais les moyens et peut-être même, qui sait, l'envie sournoise, et nous n'y pouvons rien... tant il est vrai que son désir secret est bien de fuir à n'importe quel prix pour échapper à toute réflexion nuisant à son seul intérêt. Nos plus douces pensées, nos prières, nos chants, nos plus sincères contritions n'ont sans doute, face au réel inexorable et lourd, que l'inconsistance des intentions… Et vous me direz, je le sais : « l'enfer en est pavé ! »
Nos paradis ne seront donc que pour

ceux qui n'aimant que la légèreté, qui font de grands rêves un peu idiots ou insensés, des bulles irisées où ni soudards, ni despotes, ni maîtres, ni félons, ni aucun usurier, n'auront le droit de foutre leurs godasses ni même leurs gros pieds. Autrement dit il faudra bien nous inventer un autre Monde où l'idée seule, belle et nue, fragile et désirable et sans contrefaçons, comme désincarnée, sera le contrepoids du lard et du front bas de la raison, des calculs assassins et des grasses manigances de ces derniers.

La vie c'est là...

Il t'aura fallu apprendre ce temps phénoménal consacré à l'attente.
Un bon quart de nos vies dans toutes sortes de salles, cramponnés à nos téléphones, interminables feux rouges, travaux, embouteillages, résultats médicaux, politiques, comptes à vomir debout, chaises en plastique ou en simili-cuir pour rendez-vous bancaires, nuits blanches sur un lit qui est le pauvre filtre souillé de nos pensées désordonnées, ver-

dicts, rancœurs, apocalypses pressenties, terreurs d'un procès, où je ne sais, le temps immense et lourd de nos ivresses et le coma pâteux des lendemains de fausses fêtes, nos autres nuits passées à bafouiller le Monde et nos matins où l'on sait, nauséeux, comme martel en tête, que rien n'a été dit.

L'illusion est la vieille maîtresse aux yeux cernés, au teint terreux de nos cacophonies. La vanité et la jactance sont reines barbouillées, fard et Rimmel de nos insignifiances.

Alors en creux, tout en silence, dans un endroit immobile et secret que chacun possède mais que tous n'ont pas encore trouvé, dans l'Alaska de nos midis, là où rien d'humain ne peut franchir le seuil de cette hutte chaude, il est bon, nu, de se blottir et de se laisser traverser par ces millions d'atomes venus des quatre coins de l'univers se réfugier dans nos carcasses, y apportant rayons dorés, ultraviolets et basses sourdes, comme un avant-goût d'une puissante, vitale et prodigieuse gourmandise magnétique : l'éternité.

Mistral, vent premier…

Violent, froid et sincère, le mistral est un vent de clarté. Il a le don de purifier, équarrir, désosser tout esprit en surpoids. J'aime sa compagnie et son baiser glacé. Du moindre conifère il en fait un totem se détachant parfait sur un ciel aussi dense que la turquoise bleue. C'est le vent des intègres, des lutteurs à mains nues modelant la matière, comme les dieux le firent pour séparer ténèbres et lumière. Dans ce bol de cristal, aiguisé, vivifié, le vivant devient force brute. L'âme de ce vent premier chante la note originelle, cyclique, qui fit monter les formes, attribua mots particuliers et nets à ce qui constitue l'infinie diversité d'un Monde aussi solide que fragile ayant, pour exister, besoin d'être nommé.

Préludes...

Et si nous partions du principe que chaque histoire est singulière et que, quelle qu'elle soit, chaque vie a ses propres raisons d'être, nous en finirions avec le jugement et le mépris. Nous entrerions enfin dans une compréhension cosmique où le plus petit d'entre nous a une fonction précise et strictement nécessaire.

Ainsi, nul besoin de justifier en permanence nos choix bons ou mauvais. Nul n'a plus raison qu'un autre. Aucun n'est plus utile qu'un autre.

Ce qui se joue depuis des millénaires n'est qu'une symphonie en permanence inachevée, inaudible peut-être, mais dont chaque cycle nous rapproche, que nous en soyons conscients ou pas, d'une harmonie parfaite, prélude à l'ouverture d'un Monde neuf, nous dévoilant à pas de loup, ses éblouissants, ses effrayants secrets.

Courriers...

Il est impossible aujourd'hui d'imaginer qu'une correspondance, aussi belle soit-elle, puisse tisser un vrai nid d'amitié. (Prodigieuse légèreté de l'être humain, s'en remettant les yeux fermés au seul progrès !) Il n'y avait que les anciens pour nouer de rubans colorés ces paquets de longues lettres timbrées leur parvenant de régions ou de pays éloignés. Ils y répondaient avec assiduité, à l'encre violette, serrant les mots pour ne pas perdre un centimètre de papier.

Était-ce la régularité de ces envois, fêtes, nouvelles, naissances, deuils, peines et joies, mille détails d'une vie quotidienne qui nouait de si longues amitiés ? Était-ce la distance et le temps qu'il fallait pour écrire et recevoir ces épaisses missives créant la joie et l'impatience de les décacheter ? Qui aujourd'hui se soucierait de ce flot de choses simples délicatement alignées sur des feuilles pelures ? Qui les lirait ? Les relirait ? Ce qui est sûr c'est que personne ne répondrait.

Impatience et efficacité ont largement contribué à l'effacement de ces longs monologues qui étaient le sel des vies passées. Le Temps s'est diablement contracté faisant de nous des agités cherchant réponses immédiates, l'âme du bon marché. Et tous ces ruisselets de mots écrits pour raconter le quotidien se sont définitivement desséchés.

Je me souviens de ma grand-mère et de

son dos voûté écrivant pendant des heures son courrier. Timbrer, poster, c'était somme toute une manière de se préparer à recevoir dans de douces et longues attentes, des retours qui illumineraient des jours entiers, ravivant sous la braise des mots des affections que rien ne pourrait diluer ni éteindre.

Plus grand que soi...

Le seul privilège d'un fauve, c'est que même vieillissant il ne peut oublier le goût sucré salé d'une savane lui ayant toujours offert la pleine liberté. Quoi que les blessures répétées aient pu infliger à son corps, à son âme, même amoindri, il ne s'est jamais pris pour autre chose que ce qu'il est : un animal se débattant chaque jour entre les griffes du destin.

Amniotique

Tant que je pourrai, l'esprit vif, avec les Mots, jongler, je le ferai...et ce, dans l'étourdissante clarté de ces cordes

d'argent, de cuivre ou d'acier qui, du ciel, à ma main m'ordonnent de jouer.
Souhaitons qu'à mon chevet se tienne l'âme attentive qui récoltera le dernier chant d'un obstiné ayant toute sa vie cherché la *tortueuse nourricière* qui, d'ailleurs à ici, fournit la sève de l'Esprit.
Je suis le Robinson des îles innommées. Le matador d'un taureau invisible. Conquistador d'un Ciel bien méprisé. Un inutile quoi !
Marathonien de l'Empyrée.
Le Minotaure des labyrinthes oubliés. Petite main des grands secrets.
L'azur est là pourtant, si près, léger souple et tangible comme une poche amniotique... Il est au-bout de mes cinq doigts. Dedans bouillonne un autre Monde qui nous fera pleurer de Joie.

Alphabet-blé...

Je suis un vieux passeur de tourterelles et ne sais bien parler qu'aux oiseaux et aux chiens, car je n'ai que les mots d'autrefois dont ma besace est pleine. C'est mon miracle à moi. Quoi que je puise là-dedans, c'est étonnant comme ils se reproduisent. J'y trouve toujours par tous les temps de quoi nourrir les innocents. Et je vais droit devant, appliqué, insouciant, avec un cœur confiant. Les miettes de mon ciel rassasient les gourmands, les simples, les moineaux et le peuple des arbres.

Je suis un vieux passeur chargé de l'inutile, un semeur d'éphémère, vagabond d'une joie sans cesse retrouvée. Chaque jour je reçois ce que je dois donner et ne me soucie pas de qui n'en voudra pas. À Midi, quand je rentre et que mon sac est vide, je n'ai plus qu'à dormir.

Les lendemains sont là, chargés du grain bruissant et blond de cet alphabet-blé qui coule entre mes doigts.

Radeaux...

Les Mots ne sont que les habits, les oripeaux de la terrible nudité de nos silences et de leur corollaire : l'ignorance. Et pourtant ce sont eux, y compris les plus maigres, qui chaque jour, nous tirent, nous hissent sur leur dos, nous portent sur les flots, nous sauvent du néant, des ténébreux abysses.

Secrète attente

Quelle est donc cette attente sommeillant à côté de nos plus belles énergies ? Certains, sans la nommer, penseront à la Mort. D'autres, mains jointes, les yeux fermés, attendront vie nouvelle. Les derniers enfin, sans répit, feront la danse de Saint-Guy. Et nous jouerons nos comédies, avec nos masques, nos décors, nos éternelles péripéties.
Plus loin, cachées, à peine audibles, pour ceux qui ont l'ouïe fine, filent les notes éthérées d'un Requiem et d'un Magnificat déchirant la matière et nous offrant l'autre versant de l'Univers.

Rêves...

Combien de rêves cette nuit !
Sur l'épiderme des images flotte un parfum de vérité. Mais impossible de craquer le code mystérieux de nos portes

blindées. On ne peut que humer un tiède courant d'air venant de cet autre côté restant à tout jamais impénétrable. Et tu as beau t'approcher à pas feutrés, cambrioleur d'éternité, tu te retrouves comme un clebs, l'œil aux aguets, couché en rond sur paillasson, au seuil des grands secrets.

Carnets en friche…

Barrer, cela soulage. Raturer, revenir sur la lancée d'une phrase, c'est réfléchir, c'est affiner et c'est manière aussi de mesurer tout l'imparfait. Le premier jet est rarement le bon. Il est dommage ici, avec tous nos outils électroniques, que l'on ne puisse plus apprécier ces brouillons sur papier, remplis de notes, de ratures, de taches, croquis en marges, tout le travail, les rajouts, les greffes, l'élagage, ce bricolage des idées dans le jardin de la Pensée. Oui, c'est dommage. On y voyait le Temps, l'inertie, l'impatience et la fébrilité, l'hésitation, la fougue, le prix des courses, un numéro, tous les petits tracas d'hier ou d'aujourd'hui.

C'était la Vie et son fourmillement, chassés-croisés, allées-venues, brusques arrêts, sprints, dérapages non contrôlés, des boulevards et des sentiers de l'âme, géographie de notre humanité.
Faudra peut-être un jour bien farfouiller dans mes écrits de somnambule pour y trouver, saison après saison, le potager sauvage de mes hoquets de jardinier. Tout ce qui, à mon idée, est bien plus intéressant qu'un produit pur, bien emballé, avec ses étiquettes, son prix, son pedigree, ces carrés morts sous cellophane, un peu vampirisés que sont les livres « achevés ».

Charognards...

La poésie te colle au train comme une hyène ses petits. Y'a pas, t'es le bichon, t'es le chouchou de cette charognarde qui marche de traviole, au pif, à l'impression, babines retroussées, qui flaire bon la délicieuse puanteur de son garde-manger.
Si tout le monde s'en méfie, toi tu es bien content de renifler et de téter son lait.

Et puis tu peux jouer avec ta horde de couineurs, tes frères et tes sœurs, tes ricanants désespérés, leurs lourdes têtes balancées sur leurs terriers nourris de jets d'urine familiers.
Voilà pourquoi j'ai la vie dure, le cœur bien décroché et cette envie de rigoler lorsque la panse bien remplie je vois passer des échassiers avec leurs airs de ne pas y toucher, plongeant leurs becs dans les étrons de carnassiers pour quelques vers bien gigoteurs remplis de jus de vrai. Ce qui nourrit vraiment n'est jamais ragoûtant ni même très attirant. C'est bien pourtant dans le magma de chimériques nébuleuses qu'on déniche parfois un embryon de vrai.

Paroles apprivoisées et paroles sauvages ...

Qu'avons-nous à sans cesse frôler ce qu'est le Verbe véritablement nourricier ? Pourquoi tant de distance entre ce que nous pourrions nommer et les mauvaises fringues délavées que nous aimons porter ? Ah oui, c'est qu'il faut plaire... et vite... et ne pas s'embarquer dans ce qui paraîtrait trop obscur, sophistiqué... Pourtant rien n'est plus simple pour chacun que d'écouter la symphonie la plus complexe à composer. Là, se détendre, s'oublier et se laisser aller à simplement entendre ce qui nourrit le monde entier.

Staccatos de nos cœurs...

Je ne suis comme tous qu'un mélange de chair et d'esprit barbouillés. La joie, l'abattement, la hargne et la douleur jouent à hue et à dia sur nos boyaux tendus. Opposés, détachés, martelés, spiccatos, legatos, ricochets, tout est bon pour nos cœurs qui s'offrent à l'archet.
Mais il s'agit d'aller plus loin, sans partition, tout en finesse et improvisation, avec les staccatos qui grincent aux passages heurtés de comètes croisant nos vies de tendres pierres écorchées. On ne saura jamais où vont tous ces accords. Poignées de perles au néant ou chapelets de jais crissant sur le tambour du ciel, tendu, offert, rond, parfait, comme une croupe de jument pommelée ?

L'être et ses multiples...

Quoi que nous vivions, nous serons toujours les imparfaits de ce que nous rêvions d'être. Et c'est très bien ainsi.
L'inachevé c'est la menue monnaie qui reste dans nos poches et qui pourtant ferait les comptes ronds. Et il nous manquera toujours trois sous de désir fou, d'audace, de liberté, d'absolue insouciance pour que nos vies deviennent épopée.
À contrario, à contretemps, à petits pas, un en avant, deux en arrière, nous piétinons bien trop souvent dans les tranchées de nos erreurs.
Celui ou celle qui, haut et fort, prétendrait avoir sondé toutes les faces de ce qu'il est, oublierait forcément la part toujours cachée, cet étranger obscur qui le hante, lui échappe, et fait de lui un si bel incomplet. Car à mon sens c'est ce vers quoi l'on tend, sans jamais y arriver, qui fait notre valeur. L'ombre est plus grande que l'objet.
Pour conclure, je dirais que si la Mort prend notre corps, elle est bien incapable d'absorber les multitudes, la meute de nos velléités.

Lettres mortes...

Lorsque la vie devient si simple que même la surface d'une feuille de papier vous semble lourde, inutile à remplir, il ne vous reste qu'à partir, pousser cailloux du bout du pied, avec la nonchalance d'un rêveur, sur des chemins où, errer, observer, respirer est la plus belle calligraphie invisible que vous puissiez troquer avec le Monde.
Car il en veut le bougre de ces échanges innocents ! Le frôler, l'effleurer, lui flatter l'épiderme à coups de petits pas sur sa nuque de pierre...
Caresser l'arbre, le rocher, le buisson d'amarante, les mousses, les fougères, les jonquilles, sont autant de signes discrets lui faisant plus de bien que tous les agendas, thèses, livres, romans, sermons, sombre avalanche de mots noirs, cadavres étriqués autour d'un moi bien momifié... Lettres mortes qui, elles, ne germeront jamais.

Un Samedi

On n'enferme pas la vie dans une boîte. Boîte à idées ou boîtes à mots. Boîte à images ou illusions. Sarcophages de pierre de bois ou de carton. Boîtes en papier ou en béton. Quadrangulaires...
D'ailleurs tous les Mondes sont ronds. C'est la seule extension, la seule respiration possible de la matière forgée, moulée entre les mains du vide. Et ma planète à moi ce fut le ventre de ma mère préfigurant la Terre avant que l'Homme n'en fasse un affreux reliquaire tout hérissé de barbelés, d'orgueil et d'ambition, un ossuaire, une fosse commune, un dépotoir de mirages tranchants, rouillés et délétères.

Thème du Divin

Oui, je ne remercierai jamais assez les porteurs de lumière, phares disséminés sur toutes leurs îles, les agrippés au bord des gouffres avec leurs feux de joie, fourbisseurs d'étincelles, frottant leurs lames aiguisées contre les pierres de nos nuits.

Je ne pourrais les nommer tous. Tant d'inconnus ont éclairé nos précipices, les zones d'ombre de l'esprit. Voulaient-ils seulement qu'on les reconnaisse ? Sûrement pas. Ce qu'ils faisaient, pensaient, écrivaient, sculptaient, peignaient, jouaient, débordait de leurs mains. Cadeaux empoisonnés les obligeant souvent à se cacher. On se souvient à peine de leurs noms.
Lucioles, vers luisants, feux-follets, photophores, irradiés de minuit, ils furent, ils sont et ils seront les voies lactées, phosphorescentes, fragiles aurores de nos espoirs et de nos danses de Saint-Guy, vers ce je ne sais qui, vers ce je ne sais quoi, qui sans cesse les tire, les tourmente, les rend follement ivres du voluptueux nectar de la Béatitude. (Décidément le plus beau mot, faisant fondre, liquéfiant tous les autres.)

Enfance et générosité...

Saveur aiguë des perceptions d'enfant.
Ce goût si neuf sur les papilles, les terreurs, les joies, les pulsions, inexplicables, sous le

regard lointain d'adultes, pas forcément indifférents, mais désormais ayant rejoint la horde des soumis qui se sont faits une raison. Ceci est un trésor, à la fois exaltant, fragile, si pesant, si léger, impartageable, pour ceux qui tout au long de leur vie ont, miracle, bien malgré eux, gardé cette si lourde bénédiction, le sceau, marquage au feu sur le front d'une intangible innocence.

Béatitude ...

Béatitude...
Le plus beau mot, disais-je, résumant tout. Celui des saints et des remplis de grâce, des ahuris, des bienheureux, des innocents et des ravis, comme en lévitation dans un ciel bleu du Quattrocento...
« J'ai pas la Foi » disent les uns, « Je crois en rien » disent les autres et eux là-bas, dans leurs cirrostratus, ils ont un doux sourire impossible à briser.
C'est agaçant pour nous, cloués du cul sur nos chaises de plomb. Moi j'en veux bien de leur folie. Mais celle-là elle est très dure à attraper, c'est le virus des allumés,

pas contagieux, intransmissible. On peut que regarder, se retournant de tous côtés pour voir qui peut bien leur parler. On est trop lourds, ils sont discrets. La preuve, ils bronchent pas, on ne les entend même pas voler.
Nos cœurs ont des allures de cuirassés rouillés, leurs âmes sont des plumes. Elles tourbillonnent en fête dans le Souffle sacré. Ils sont déjà ailleurs, mains ouvertes, les yeux levés, suspendus, comme entre ciel et terre...
Et lorsqu'il vous arrive, c'est rare, de les croiser, les discernant à peine, vous vous sentez, quoi que vous en disiez en ricanant le soir devant une honnête assemblée, inexplicablement légers. Mais ça, vous ne l'avouerez jamais.
Ce qui nous marque, n'est-ce pas pourtant toujours ce qui n'a fait que nous frôler.

Béatitude...encore

Et si chaque matin je n'ai pas ma potion, ma décoction, si je ne peux pas faire chabrot avec un alphabet tout frais, je suis

sans force et sans courage, je perds la voie que j'ai tracée la veille. Et j'aime tant les mots qui virevoltent dans mon ciel. Même pas besoin de les chercher, y'a qu'à cueillir au choix dès potron-minet. Ils dégringolent des grands arbres et se laissent volontiers attraper, pleins d'énergie nouvelle avec leur goût de noisetier. Le tout c'est de savoir les appâter puis de les assembler. Il ne faut pas les écœurer avec une bouillie d'idées rapetassées. Dès que tu ne les surprends pas, ils se barrent, foutent le camp, énervés, avec leurs queues empanachées et te laissent tout seul avec ton sac de pacotilles, tes airs de Tartarin et tes mauvais procès.
L'écriture c'est encore comme un étrange sentier à défricher en permanence, à la machette, au couteau, au sécateur, à la cisaille, au coupe-coupe. Derrière toi tout repousse si vite ! Tu t'y perds, tu t'y noies, et tu avances souvent sans savoir où tu vas.
Mais il arrive parfois que tu débouches, la gueule égratignée par le fouet des buissons, sur une clairière d'où le Temps est absent.

Là seulement tu peux te poser, lever les yeux et regarder autour de toi. Écoute... c'est ta réserve d'éternité. Tu fais le plein. Tu ne penses même plus aux dix mille chemins qu'il t'a fallu débroussailler. Tu t'en fous, tu es au centre d'une ruche solaire, ça bourdonne, ça vrombit, ça stridule, ça crisse, ça pépie, ça piaule, ça gazouille… et au-dessus, tu te laisses happer par le chant modulé d'un oiseau que tu ne vois jamais, soutenant l'arc de l'horizon, contenant, abolissant les vents, les bruits, les limites et gommant les brouillards. Il est l'ouvreur céleste de ton âme allégée, délivrée, le portier d'infini et qui a nom : Béatitude…

L'avenir... incertain

Quelque question que l'on se pose sur l'avenir matériel de notre humanité, c'est un poison dont personne ne possède l'antidote.
Il y aura ceux qui engouffreront les biens en prévision de la disette, ceux qui s'armeront et se fabriqueront des tanières pour s'abriter de dangers imminents, ceux qui se laisseront vivre au jour le jour

en sifflotant mais pétochant dans leur musette, et une horde de sérieux spécialistes au teint blafard, bavards impénitents, élaborant des théories qui tomberont à l'eau quelques jours seulement après la pompeuse énoncée de leurs sentences.
Autrement dit d'énormes écureuils, des scouts méticuleux aux mâchoires de hyènes, d'éternelles cigales ne laissant derrière elles que leurs chrysalides agrippées à un tronc et une basse-cour remplie de paons, pintades et dindons, recevant chaque jour leur poignée de graines. J'oubliais les anxieux, prophètes de malheur, bêlant, meuglant, herbivores de tous poils, terrorisés à l'idée de voir disparaître leurs bons vieux pâturages.
Je suis bien incapable de savoir quel animal ou quel insecte aura raison. Tout ce que je puis dire, c'est que dans un univers rempli de fous, de niais et d'agités neurasthéniques, ce qu'il s'agit de fuir c'est l'ombre de nos peurs. On ne peut que s'engouffrer avec courage, sans tactique et un zeste d'humour dans cette fascinante nébuleuse vers une inconnaissable vérité, un point de non-retour,

sans raison ni logique, où rien ne se maîtrise, aussi inattendu, inespéré, qu'un fou rire de gosse devant son premier champ de boutons d'or.

Matière...

Oui, j'aime la Matière. Peser le poids des choses, un oiseau au creux de la main, une pierre, la pioche et le métal, la masse qui me sert à fendre le bois, la branche de noisetier, la lourde tête des fleurs lorsqu'elles commencent à faner, un scarabée, le corps recroquevillé de mon père, lui qui se tenait si droit, le museau des chiens sur mes genoux d'abandonné, de perpétuel inquiet et même la menue monnaie et de pauvres médailles, le petit bout de chapelet trouvé sur un sentier de sable, le tout qui crisse dans mes poches.

Oui, j'aime la Matière, de fer, de plumes, d'os, de bois, de chair ou de nickel. C'est elle qui a réveillé mes sens et qui depuis aiguise ma mémoire. C'est elle qui mille fois a gercé mes pognes lourdes de maladroit. Elle est sans contredit le démarrage de l'esprit. Rien ne se pense sans son concours. Il faut avoir tâté la Terre pour entrouvrir les abstractions. Un seul arbre contient le mystère des cycles. Un seul être pèse le poids des univers. Et lorsque tout s'estompe et qu'on perçoit à peine le regard d'une ombre penchée sur votre lit, on cherche à l'aveugle sa main comme une planche de salut, dernier radeau de ce 37° dans l'Océan de la plus longue nuit.

Les Mots n'ont pas de prix...

Les Mots n'ont pas de prix. C'est bien le seul matériau visible et invisible que nul ne songerait à bien rémunérer. Je passe sous silence les épiciers de l'abc. (Je suis heureux pour eux car j'ai toujours pensé qu'il fallait encourager le petit commerce dit de « proximité »)
Mais pour nous les rognures, avortons, les paumés galactiques, la gueule cabossée par des nuées d'astéroïdes, fouettés par les orties, griffés par le roncier protégeant les murailles des seigneurs du Savoir, leur cour savante de lettrés et autres gens de renommée, nous traînons en campagne

comme de sales vagabonds, troubadours sans royaume, baladins de mes deux, vivant de miettes, d'ail sauvage, d'herbes folles, du craquant et poivré pissenlit, le cul noyé dans les soucis, la vénéneuse fleur du doute et le pourpier de nos puissantes arythmies. C'est le bouquet garni des mal compris. Rajoutez à cela l'horrible fleur du magnolia dont les vapeurs sont un poison et vous aurez idée du mauvais sang qu'on peut se faire avec nos mots idiots qu'on crapahute comme portées de chats qu'on ne veut pas noyer. On invente des Mondes… On gomme des laideurs… Pour un rien on s'exalte… On ravale l'aigreur… On caresse l'espoir de frôler le divin blotti dans ses nuées… On hoquète de joie… On a tous les chagrins de l'abandon et de l'ignare… On repart à l'assaut de l'invisible, de l'inutile et de révélations muettes comme des pierres endormies. On nous l'a pourtant mille fois dit : « ça sert à quoi tout ça ? C'est pas lisible… Charabia... On comprend rien… C'est bien joli la poésie, ça s'envole peut-être… mais chez nous, ça marche pas... et en plus, pauvres bougres, tout ça n'existe pas.»

Archétypes...

Je l'ai souvent formulé, mais je crois que c'est vrai, l'écriture est un luxe qui vous conduit à une sorte de purification mentale. Plus on débroussaille la jungle du vocabulaire, plus nous apparaissent de belles ruines oubliées qui sont les fondements de la Pensée. On aperçoit alors, ayant bien défriché, la part inaltérable d'une première humanité.
Ce qui fut rajouté au fil des siècles, de bric et de broc, modes, mœurs, tracas, joies, souffrances, soucis, n'était que les surgeons, gourmands de l'arbre-mère. D'innombrables variantes ayant puisé dans les racines le suc des vérités.
Je crois à la nécessité de s'approcher toujours davantage des sources du langage. Il y a là, dans ces fouilles patientes, les archétypes, le nid grouillant, vivant, de l'éternel symbole contenant les secrets d'une première transmission entre le Ciel et l'Homme.

Les Mots se sont barrés...

Rien, aucune idée, les mots qui avaient un peu de gueule se sont barrés comme une troupe de manants sous la menace de je ne sais quel fouet. Ils ont fui, les ladres… et me laissent tout nu après m'avoir bien dépouillé. Et un poète à poil c'est un dragon sans ailes et qui plus est sans feu. Ça devient un geko. Ou c'est un baryton qui aurait perdu la voix. Un ivrogne sans vin après de misérables cuites. Pire encore, un lion transformé en gerbille. Il ne nous reste alors que quelques pauvres phrases toutes faites, contaminées, les insidieuses, les pires, les véreuses, qui en quelques syllabes te plombent la journée.
Voilà qui m'apprendra à jouer les cantonniers, le brise-pierres dans un jardin de curé bâti sur de la roche volcanique. J'ai les mains rouges-sang d'un stigmatisé, les muscles des bras tordus comme des lianes et un cerveau noué comme un cordon ombilical autour du cou d'un nouveau-né.
Et c'est alors que je me prends à penser : si tu avais pu choisir, est- ce bien là que tu serais allé, est-ce bien ça que tu aurais fait ?

Mais ces questions sont inutiles, stupides. Trop tard, ce qui est fait est fait. Il ne me reste plus qu'à aller de long en large, plutôt en rond, sur un îlot de double solitude. Car enfin rien n'est pire que de parler à un palmier avec autour de soi un océan noir, sourd aveugle et muet qui ne perçoit que le frisson des pleines lunes.

Heureux ceux qui croient...

L'exigence.
Pas pour les autres, rien que pour soi. Sentir, éprouver, comment, pourquoi, une heure, une journée, un mois, partent à la dérive vers la mollesse, le flou, le doute et l'à peu près.
Se ressaisir en permanence, se redresser, se tenir droit, être tout ouïe, cap vers cette mystérieuse pulsation magnétique qui depuis si longtemps nous attire et constitue l'invisible ossature de nos existences.
Chant de sirène, illusion, mirage, chimère, acouphène, enchantement ?
Peu nous importe. Nous nous devons d'avoir confiance en ce qui ne se prouve pas. N'est-ce pas là le charme d'une vie ?

Croire jusqu'au bout en ce quelque chose, si intime, si profond, que personne ne considère ni ne voit. « Heureux ceux qui croient sans avoir vu.» (Jean, 20-29)

Lourdeur et légèreté...

Si on écrit c'est pour ne plus attendre et repousser de tout son être le vide qui nous cerne. C'est pour remplir l'instant d'un peu d'éternité. En tous les cas bloquer le Temps, plaquage au sol, ralentir l'ineptie de notre agitation.
D'un petit tas de chair, d'os et vingt grammes d'esprit en faire une Mesa, un plateau de verdure dominant un désert.
Là-haut on est un peu anachorètes, on vit d'air pur, de pissenlits et de cébettes, de champignons, d'arbouses, quelques grillons... à l'occasion une brochette de mulots… On se nourrit de peu… Un rien nous rassasie.… un sourire, une main, un regard, une voix, l'envol d'une fauvette…
Et pour nous chaque page est un nouveau matin. Chaque nuit, c'est virée dans les constellations. Dans les filets tressés de

nos neurones, on ramène de pleins chaluts de rêves. Du poisson lune, de la raie, de l'espadon, de l'oursin du requin et du congre, parfois quelques horreurs des fonds impénétrables, ces trous noirs, ces abysses, les fosses archaïques du cerveau. Car, que nous le voulions ou non, nous sommes tout l'Humain, semé en gestes désinvoltes sur la fragile peau couvrant nos fontanelles. Et vivre avec tout ça c'est lourd comme le Monde. Alors écrire c'est aussi ça, lâcher du lest, jeter par-dessus bord, trier dans l'affolant bestiaire des pensées pour être plus léger.

Cahiers oubliés...

Je redécouvre ces cahiers oubliés, pages blanches puisque je n'écris plus depuis un an que par machine électronique interposée. J'ai bien envie pourtant de retrouver le bureau de noyer, légèrement ployé en son milieu par le poids de studieuses années. Oui, j'ai bien envie de retrouver stylos à plume, encre, papiers craquants, l'épaisse planche de cyprès me servant d'écritoire, ma Remington portative aux airs noirs de scarabée, ses ailes dorées, avec ses pattes cliquetantes, sa sonnerie de fin de page… Les rituels ont un côté sacré. L'encre, la belle encre, traçant son chemin gras, sur des feuilles glacées. Ratures, taches, marges bien annotées. Tout le travail des mains agrippant la pensée. C'est comme le gemmage sur l'écorce des pins. L'écriture c'est ça, de la résine pure, la sève de nos rêves et le miracle chaque fois d'un sang coagulé sur les pages du vent.

Et même si ce dur métier ne rapporte pas grand-chose il permet de greffer les idées, les émotions et tout un tas d'espèces en voie d'extinction dans ces larmes ambrées que sont les livres.

Gardes-champêtres du Secret...

Voyons un peu ce qui vient sous mes doigts… L'idée est ma renarde, je la sens s'approcher. Elle est sauvage, craintive, fait des allées et venues, s'arrête, hume l'air et les vapeurs de mousses, d'écorces de chênes et de gros champignons. Elle me regarde, comme les loups, par en dessous.

Je ne fais pas le moindre geste, je me retiens de respirer. Accroupi, près du bois, moi non plus je ne la quitte pas des yeux. Je sais qu'au plus petit écart elle se dérobera dans ce matin de bleu. Elle ne s'approchera pas davantage. C'est convenu entre nous deux. Seuls nos esprits se croiseront, tournant, dansant la gigue des bons compagnons retrouvés au son d'un petit vent passé sur la dentelle des fougères.
Et lorsqu'elle aura disparu, je m'en retournerai comme plus fort, avec un drôle de dialecte dans la tête, des mots tous neufs riches comme une boîte de couleurs, des mots venus de cet ailleurs qui a les yeux verts de ma renarde.

Âmes errantes...

Celui qui écrit peint ou compose est parfaitement seul. Nul ne peut imaginer toutes les vies, les ombres qui pourtant l'accompagnent.
C'est dans un bruissement d'âmes errantes qu'il récolte les fruits de cette étrange colonie glissant autour de lui.

À l'un c'est le « bonjour », à l'autre la chaleur d'une intacte amitié, puis des vagues d'amour en ondes dispersées. C'est ainsi que passent les tendres évanescents...
Chacun nous laisse son regard, rassurant, le meilleur, immense et sans questions, quelques mots, mais c'est rare, ils n'ont plus leur fonction dans cet ailleurs qui nage dans un lent tourbillon silencieux de couleurs.
Tous ont un doux sourire comme de compassion. Ils passent puis s'en vont, laissant dans leur sillage sur nos rêves, nos pages, nos toiles, nos cœurs, le souffle d'un coffre de santal et il y a, pour moi toujours, ce parfum tenace et impalpable, comme venu de nulle part, vivant, poivré, d'une fraîche brassée d'immortelles.

L'euphorie...

L'euphorie est un geyser plusieurs fois millénaire issu du fond de nos poitrines, brisant tous les calcaires que sont la peur, la soumission et la raison. On peut le dire, une folie. Une folie sans laquelle nous

péririons d'ennui, asphyxiés par les dents grignotantes du doute, écrasés par l'oubli du moteur *grand désir*.
Et tout cela, délirante bouffée, s'opère comme en secret. L'euphorie c'est alors une simple manière de regarder l'autre, sans le toiser, uniquement pour lui transmettre ce tournesol inexplicable qui chavire nos yeux grands ouverts sur le Monde. C'est un pistil stellaire qui transfigure l'immédiat pour en faire... un reflet... d'une…sorte…Et bien dis-le !... d'éternité.

L'élégance et ses vertus...

Une des plus rares vertus chez l'humain c'est l'élégance. Il ne s'agit bien sûr d'aucune mode vestimentaire, d'aucun atour enrobant l'être le plus grossier. Il s'agit de tout un comportement, une manière d'être, d'agir et de penser, un don de soi, une façon de se mettre en retrait laissant à l'Autre le plein espace de ses choix.
C'est une qualité d'hommes et de femmes discrets et délicats, se tenant à l'écart, se

gardant bien à tout propos de prodiguer de ces conseils bavards qui sont, c'est bien connu, l'apanage des maîtres du goût, de la raison, petits pères fouettards ayant réponse à tout.
C'est aussi une manière de veiller sur autrui, de précéder toute demande, sans qu'il soit besoin de la formuler. Donner, sans avoir l'air d'y toucher.
Ainsi, le seul plaisir de l'élégant est d'offrir, sans tapage, sans espoir de retour, mille et une attentions qui vous laissent sans voix.

Bourdon

Ce soir, j'avais le bourdon... un qui rampe et résonne, lancinant, sous les tempes. C'est une lassitude, étalant, couvrant de tout son gris le paysage d'une vie. C'est un état que je connais, un brouillard qui m'a collé au train toute mon existence.
Je l'ai chassé comme j'ai pu, avec mon corps de noisetier et mon esprit aussi dur et buté qu'un tronc de châtaignier, avec coups de sabots, ruades, le fouet cinglant

de mes désirs, la vitamine et le crottin que certains mots contiennent. Rien à faire il revient, à l'assaut de ma foi galactique, et rien, ni mes prières, ni mon huile bouillante, ni la nervosité de mes archers, n'ont pu venir à bout de l'adversaire sombre qui lentement nous dévore le cœur.
Pour enfin tout vous dire, le temps jouant pour moi, j'en ai fait un ami de ce triste ennemi. Alors on se supporte, on s'aime bien je crois. Je le laisse envahir mes rares nuits de paix. Il me tient chaud, n'est pas désagréable et me dit « c'est bientôt » avec un air navré d'une cloche marine qui tinte avec ce son de doux et tendre désespoir sur mes ultimes vols lugubres d'épervier planant seul sur un océan noir, loin des terres connues, cherchant l'île de paix où poser sa fatigue.

Les trois sous donnés une fois l'an…

Ah j'en aurai des pages et des pages, potions, baumes, frictions, onguents de vos journées !
J'en aurai tant et tant que j'ai bien peur

que plus personne ne les lise.
À trop vouloir réconforter on finit par passer pour un marchand de limonade, aigrefin, bonimenteur, camelot, ou pire, apothicaire de mixtures hypnotiques à base de venin de serpent à sonnettes, graisse d'ours, cactus et mandragores…
Il n'y a pas si longtemps on se retrouvait recouvert de goudron et de plumes. Plus tôt encore, on vous flanquait sur un bûcher.
Mais moi je ne vends rien et ce que j'ai, je l'offre. Mais on m'a souvent dit qu'il vaut mieux être pingre, car trois sous donnés une fois l'an, sont comme l'abondance. Plus c'est rare et petit, plus ça comble le monde. Pour qu'une obole semble un vrai plat de roi il suffit de doser ses largesses. Enfin voyons soyez lucides ! Celui qui distribue à tour de bras est sûrement brigand de grand chemin, pilleur de banques, malandrin.« Mais d'où il sort tout ça ! » On devient suspicieux, on le tourne, on l'étrangle, on le pend dans le réduit des encombrants. Qu'il se taise à la fin !
Trop nourrir c'est gaver. Trois sous donnés une fois l'an, dans un sachet de

soie aux armes d'une maison couronnée, valent bien mieux qu'un petit sac de blé déposé chaque jour sous la fenêtre des nantis.

Ivresse de l'ignorance...

Apprendre à faire ce que l'on n'a jamais fait.Apprendre à dire ce que l'on n'a jamais dit. Apprendre à voir ce que l'on n'a jamais vu. Apprendre. Mot le plus beau, le plus vif, le plus sage, nous incitant à découvrir l'immensité de nos lacunes.Nous exhortant sans cesse à aller plus avant vers un but impossible à atteindre. Car c'est là que réside la beauté d'une quête : chercher, tout en sachant qu'on ne trouvera pas.
J'ai bien envie de rajouter que l'ivresse de l'ignorance a cela de sublime : elle est vertigineusement perpétuelle. Dans notre chasse à l'absolu on rentrera toujours bredouille. Mais chaque fois, un bout plus loin, affamé, assoiffé, on aura éprouvé la joie d'être vivant. Et rien le lendemain ne nous empêchera de repartir, pleins de force, obstinés, vers nos chimères : les

ombres du Parfait. Et comme pourrait le dire un Saint Augustin, si une ombre m'atteint c'est qu'elle est bel et bien le reflet d'un objet existant mais dont je ne peux percevoir que l'éclat lointain de sa pure et inentamable densité.

Oiseaux migrateurs...

Tout ce qui est grand, vaste, aussi léger que l'horizon, oblige l'Homme à se défaire de ses accoutrements, des oripeaux de sa misère et du linceul glacé de ses terreurs. Rien n'est meilleur que d'oublier sa condition, de galoper, nu comme un ver, sur l'arc-en-ciel de ses désirs.
Et je sentais bouillir en moi le café noir de mes idées.
Qui, par orgueil ou facilité, vue courte, stupidité, s'est emparé de l'attirail des choses toutes faites, sera plus lourd qu'une armada pataugeant dans la sanglante boue de ses débâcles.
Qui, par légèreté, belle insouciance, ou presque sainteté aura quitté Raison, Logique ou la sévère et grimaçante

Objectivité avec ses traits de juges et ses lèvres pincées, connaîtra le plaisir des choses fugitives, la joie de l'éphémère et les mille soleils d'univers oubliés.
Mais c'est vrai, il est tellement plus facile de se soumettre à l'œil aveugle et ridé d'un vieux nombril s'imaginant être le Monde, qu'on en efface l'éternelle mémoire d'une Vie affranchie de la pénible et incurable pesanteur.
Manque d'imagination ?
Refus de s'octroyer une vraie Liberté ? Comment l'Homme si grand peut-il ainsi s'infliger de se vouloir petit, calculateur, ennuyeux, sordide et dérisoire ? Si nous n'avions qu'une ambition, ce serait de franchir la barre des possibles, pour un long vol d'oiseaux migrateurs cassant la cage factice de tous les méridiens.
... Et je sentis se dissiper en moi l'âcre café de mes regrets.

Sombres et lumineux ...

Regarde bien l'indifférent, le suffisant, le malotru, tu ne verras qu'un rideau gris. Mais si jamais dans ce ciel bas tu captes

un brin de bleu, saisis-le, accroche-toi, ne lâche pas, c'est le talon d'Achille du grand désabusé. Il en faut parfois très peu pour réveiller un vieux désenchanté...
Je te rassure, dès que tu auras le dos tourné, il replongera dans son coma fait de regrets.
Après tu as, c'est vrai, les incorrigibles lumineux, lucioles de nos trop longues nuits. Pour eux tout est prétexte à irradier. Sous le boisseau de nos aigreurs ils continuent à clignoter. C'est un cadeau que d'être ça. Et même si, et même si,même des larmes plein les yeux, rien n'y fera, c'est la candeur, ça brillera. Ils sont ainsi les rayonnants. Rien n'est caché, tout est devant.

Clochard et cimes oubliées...

Me faudra-t-il longtemps encore douter ou mépriser ce que j'écris ? Ce qui hier me semblait plein je le trouve aujourd'hui si vide ! Pas un pour retourner ces pierres de lune noire, magnétiques, comme en apesanteur ? Pas un pour certifier que le courant grésille, continue de passer dans

ces blocs de pensées ? Pas un pour voir que ce qui coule comme rivière souterraine est une eau pure venant de cimes oubliées ? Dois-je rester tel un mendiant tendant la main alors que quelques fois des sources jaillissantes naissent je crois à l'ombre de mes doigts ? Sans que je ne sache ni comment ni pourquoi ces sources moussent dans ma caboche cabossée. Résidus de Savoir, mémoire mal digérée ou fleurs poussant entre les roches volcaniques d'un vieux jardin abandonné ?
J'y aurai pourtant passé ma vie à attraper de l'invisible pour le coller dans un cahier. Et je n'avais aucune idée de la portée de ces messages. Illisibles rébus d'un rêveur désœuvré, croyance d'un naïf se pensant habité... ou pire, mirage d'un illuminé ? Myopie, hypermétropie, strabisme, cataracte ?
Faut-il "s'en croire" à ce point-là pour imaginer, grands ou petits, que nos remue-ménages ont une quelconque incidence sur l'univers indifférent. Nos Mots sont ronds de carpes sur l'étang du néant. Nos actes et nos gestes, brasses coulées dans l'Océan premier.

À moins qu'une étincelle ne réveille l'œil noir du dieu des profondeurs.

Sur le qui-vive...

Je dois veiller. Ce n'est pas gai. Je sens venir les ouragans. Mais au fond, il ne m'est jamais arrivé d'être peinard avec devant cette marge bleutée que l'on nomme insouciance. Une heure ou deux peut-être… Tous les trente-six du mois, jamais plus… C'est que se relâcher, c'est émousser sa vigilance.
Je suis comme chien affamé qui, l'œil tourné vers d'invisibles dangers, pressent et voit venir le coup de pied, ou comme vieux renard ne connaissant que les aguets. C'est la rançon des grands inquiets. Alors, quelle que soit l'heure, le poil tout hérissé, je me contente de ronger l'os m'empêchant de trembler.
Je dois veiller. Ce n'est pas gai.
Je ne sais pas ce que j'ai fait pour être ainsi sans cesse pourchassé par le "mauvais" qui ne me lâche pas, qui me talonne et me serre de près. Pas un buisson, pas un bosquet, pas un abri, pas un fossé où

simplement me reposer. C'est bien le lot des éveillés d'être ainsi malmenés. C'est bien la loi des malmenés d'être ainsi éveillés.
Alors debout ! Cesse de geindre, taille ta route de traqué. Un jour peut-être, dernier sommeil entrecoupé de cauchemars, on t'offrira la paix bien méritée d'un rideau noir et d'un terrier.

Tiroir secret...

Ça fait cinquante ans que j'ai l'impression de passer le bac. Cinquante ans que je tente d'avoir mon brevet de serrurier et que je suis à la fois incapable de forger la bonne clef ni même de trouver la combinaison du coffre Société. Autrement dit j'ai toujours été à côté. Ni dans le rang ni dans le pli. Dans la mangeoire vide des ânes déconfits. Dans le tiroir secret des déglingués de Dieu. Dans la sublime marge de contrées ignorées.
À moi la proie pour l'ombre, tous les fac-similés, les merles et les noyaux, le vent et les mirages, le grand fatras des illusions, les beaux palais de glaces, les cirques et

chimères, le doux fumet des abstractions, la soupe ou le brouet des fantasmagories. Inutile, paria, rêveur sans résultat…
Va donc avec tout ça être content de toi !
Je ne sais pas courber la tête ni faire mon « mea culpa ».
Alors, bien droit, obstiné, silencieux, j'ai marché jusqu'à la lisière des immenses forêts. Un temps j'ai hésité. Puis sans me retourner je me suis engouffré dans la pénombre fraîche et odorante d'un vivant labyrinthe dont on ne revient pas. Ma quête de l'oiseau-paradis venait vraiment de commencer.

Fureteurs d'azur...

Sainte mère Intuition, petite sœur des attentifs, lorsque tu viens, catimini, te glisser entre le brouhaha du Monde et le profond silence des recueillis agenouillés, nous te rendons grâce pour tes apparitions.
Ours et lièvre à la fois. Masse et souplesse.
Beau totem pour un errant de la pensée !
Il me semble que pour nous, l'écriture, c'est l'oraison des fureteurs d'azur.

Orpailleurs de la rivière cérébrale, avec nos vestes rapiécées, pieds nus dans le courant, pantalons retroussés, nous passons au tamis des tonnes de syllabes pour quelques grammes de Verbe pur. Avec ça on ne peut rien acheter, alors on troque une pépite pour un brin d'amitié.

Si j'ai gaspillé mon énergie...

Si j'ai gaspillé mon énergie à désirer l'inatteignable, c'est que un jour enfant j'ai découvert le ciel avec un miroir rond que j'ai posé à plat sur une table de jardin. Simplement. Bêtement. Et là, vertige... Ainsi, plutôt que de lever la tête, j'avais inversé le sens de mes liaisons. C'est bien ce que le moindre promeneur découvre devant un lac de haute montagne. Tout reflet nous oblige à casser la pensée. Sens dessus dessous, entre deux vides bleus traversés de nuages, comme désorientée, ma logique brisée ouvrit la cage de mon âme.
Ceci est l'anecdote vraie qui suscita un choc fulgurant, renversant, effaçant, tout ce que l'on m'apprenait.

S'il me restait...

S'il me restait trois grammes, six volts d'intensité, j'en ferais une phrase d'uranium ciselé.
C'est bien la seule chose que je pourrais laisser, des mots gravés sur les rochers pour les fougères, les scarabées et les lézards, des mots brillants patiemment surlignés par les passages d'escargots. J'incrusterais des billes de verre et des éclats de schiste pour les points sur les « i », ferais brailler et jacasser d'envie les geais et puis les pies. Tout un bestiaire d'illettrés, d'analphabètes bêtes, ayant pourtant le goût des choses bien tracées et le plus grand respect pour l'inutile et le gratuit.
S'il me restait trois grammes, six volts d'intensité, je me ferais un beau sentier de lettres inventées me conduisant tout droit vers mon éternité. Le Paradis ressemble à ce que l'on en fait. Et la réalité n'est que l'enfer des imbéciles.

L'intuitif...

Avec l'absolue confiance d'un cancre un peu benêt, j'ai toujours cru au Savoir intuitif. Ainsi, sans même m'en rendre compte, il me semble avoir fait tous les voyages, visité chaque coin de cette pauvre Terre, traversé les océans, goûté les horizons de sucre et de miel, plongé dans tous les gouffres, perçu et dirigé au doigt et à l'œil les vents glacés des cimes bleues crevant l'azur.
Non content de posséder cette incroyable partition du Monde, j'en connaissais les orientations magnétiques, les nombres, les clefs, l'arceau des méridiens, le chant courbé des arcs-en-ciel.
Et dans l'invraisemblable multitude de noms de cris ou de soupirs de toutes les espèces, je distinguais celui du poulpe, de l'alouette et du renard. Pire, je savais leur parler, les traduire. Je déchiffrais, cassais les codes du vivant.
Et l'on disait de moi lorsque j'étais gamin, pour se moquer : « Ce gosse a la science infuse ! » Le pire, c'est que je le croyais. Infuse... infusion... Après réflexion, c'était vexant de me sentir un peu comme

un sachet de plantes aromatiques flottant dans un bol d'eau bouillante.
Pourquoi aurais-je dû apprendre ce que l'on voulait donc à tout prix m'enseigner, alors qu'il me suffisait de réveiller ce qui dormait en moi ?
Orgueil ou fainéantise ? Illusion ou réalité ? Mes vrais vieux maîtres furent ceux qui surent simplement, du bout délicat de leurs intelligentes plumes, voix, antennes, museaux, lever le voile sur mes trésors de somnambule.

Aux tristes culs de lune…

Aux tristes culs de lune, prenant l'éclipse pour la fin. En amont, aux embouchures embryonnaires de nos vies... en aval, quand tout est accompli... déjà, toujours, encore, nous sommes là. Programmés, faits, parfaits, finis, complets, inaltérables, à la cellule près, d'un bout à l'autre d'une éternité qui se pavane et se dandine, danse avec nous les spirales glacées d'un irrésistible flamenco avec arrêt buffet chaque million d'années.
Faut bien souffler un peu entre deux

galaxies. Et puis c'est l'occasion de bavarder un brin, entre âmes disloquées, avant de repartir comme un essaim furieux d'abeilles assoiffées vers la Reine invisible, pondeuse inépuisable d'infinis. Oui, Dieu au féminin, ça me rassure un peu.

Où vont nos souffles ?

Les mots ne seraient-ils que les bulles effervescentes du comprimé de la pensée ? Un pétillement passager dans un verre d'eau tiède ?
Prononcés dans et par le souffle, importants ou légers, ils se noient, s'évaporent, dans la troposphère, la stratosphère et les nuages sont remplis de nos émanations verbales.
Chaque goutte de pluie contient ainsi mille langages qui nourrissent la Terre.
Il y a fort à parier que ce que nous lisons, de la même manière, s'exfiltre de nos crânes et finit en buée.
Les océans sont les brasseurs et la mémoire de nos jurons, de nos dictons et de nos haines, de nos humeurs, de nos

raisons, de nos bénédictions, de nos larmes, de nos délires, de nos chagrins, de nos joies et d'un milliard d'idées issues de nos cerveaux d'impénitents bavards, et ce, depuis l'aube de toute humanité. Les fleuves, les rivières et le moindre ruisseau inondent et abreuvent les berges et tous les animaux. Les averses pénètrent les ténébreuses entrailles d'un globe aussi bleu qu'un berlon de lapis-lazuli et les arbres retiennent dans leurs racines nos phrases mélangées, la virgule, le cri, l'anathème ou les mots de nos pures tendresses.
Oui, nos mots sont le terreau, le fumier, l'engrais, la décoction du Monde rond, végétarien et cannibale, capable de tout ingurgiter, ivre de cet alcool 37° qu'est le sang du vivant, vomissant nos horreurs, ravalant nos erreurs et poursuivant sa course dans des hoquets furieux d'ivrogne bousculé.

Aux incertains, les mains pleines...

Et j'envie quelquefois ceux et celles qui vont d'un pas précipité dans le canyon des certitudes. Une voie, un but, marathon, coude à coude, courir, surtout ne pas lever les yeux, ne pas être distrait par les sommets, le chant planant de l'alouette ni même l'étoile du berger. Courir, gagner, mètre après mètre... Et s'il le faut, marcher, tant pis, sur les corps écroulés.

Vous comprendrez que pour nous les abstraits, naïfs contemplateurs n'ayant jamais compris les urgences humaines, un bout de terre nous suffit pour ausculter le Monde. Chaque parcelle de limon est un délicat roulement de tambour dont nous captons tout l'alphabet.

Coincés sur nos hautes corniches de guetteurs, sur de la mousse et du thym, à l'ombre de l'arbousier, nous transmettons à nos tribus les signaux de fumée, les hoquets, les chants, les sifflets, tout ce proto langage qu'une majorité a décidé une bonne fois pour toutes de froidement abandonner au profit d'un dicton : "Réussir, c'est éliminer…"

Mélancolie...

Nos états d'âme sont les brouillons de notre vie. Voilà pourquoi il est si bon, si rare, d'avoir un confident ami. C'est lui qui nous oblige à mettre au clair, à corriger, à révéler, articuler les mots issus de nos élégantes mais brumeuses et silencieuses mélancolies.

Ceci fait, cœur plus léger, nous pouvons à nouveau avancer. Je dis « élégantes » car la mélancolie est le regard le plus courageux, le plus lucide et à la fois le plus secret, le plus lent panoramique survolant toute existence.

Et si l'ami est un capteur extra-sensible, il ne peut que percevoir ces infimes nuances, ce trouble lourd habitant celui qui est en face de lui. La seule chose qu'il puisse faire c'est de confier dans son écoute et sa solide présence, son énergie vitale, pile radioactive, uranium de son âme, afin de relancer les rouages grippés, comme endormis, de cette si délicate machinerie qui est l'esprit d'une vie.

La mélancolie est un étang mortifère, une sorte de pourrissement nécessaire qui finira par faire éclore les plus beaux nénuphars, fleurs odorantes, royal velours de leurs pétales, nées des plus glauques et suaves fermentations.

Dire, écrire, les inspirés... ma mère...

C'est en parlant je crois que j'ai appris à écrire. Ou c'est en écoutant les autres que j'ai éprouvé à mon tour le désir de dire. C'était surtout, j'avais quinze ans, pour enchanter ma mère. Mais il me fallut me rendre à l'évidence, on me comprenait difficilement. D'abord parce que rares sont les adultes qui font l'effort de saisir derrière tout le flou d'un discours d'adolescent ce qu'il veut réellement dire, et puis aussi parce que je m'entêtais à attraper au vol des pensées aussi lointaines qu'une bande d'oiseaux migrateurs.
Je voulais absolument savoir ce que caquetaient ces volatiles heureux.
Je voyais bien sûr les visages des grands s'illuminer au gré des verres et des nuages de fumée. Le plus terne changeait. Les voix montaient d'un ton.
Les chants se modulaient... mais les plus

fascinants me semblaient être ceux qui calmement, dans des phrasés plus doucereux aux syllabes glissantes, maîtrisant le langage, subjuguaient le regard de ma mère. J'étais jaloux de leurs manières. Et moi le bègue fanfaron j'écrasais de ma hargne les serpents susurreurs, les promesses câlines du boa constrictor, faisais des moulinets d'apprenti mousquetaire pour éloigner tous les démons. Ceux-là me détestaient, je leur clouais le bec, faisais mon numéro, perfectionnais mon genre apprenti Cyrano. On m'invitait à me calmer, je cassais les ambiances et les vils séducteurs reprenaient en riant leurs sournoises approches.

De la passion, j'en avais à revendre, à en pâlir, à en rougir, à en perdre les mots. Tout doux la bête ! Si tu cessais de t'emporter ?

La grande intelligence est un animal froid laissant venir ses proies au seuil de sa tanière. Mais on ne dompte pas si facilement sa propre nature, et ne sachant raisonner, je m'emportais, ne sachant même plus jusqu'où me conduiraient mes débordements gutturaux, mes gestes

maladroits. Bref, je terrorisais ou amusais mon auditoire comme un lionceau en liberté.
Écrire m'apprit à m'assagir, à poser un peu plus bas ce qui montait trop haut.
J'ai toujours cependant gardé ma préférence aux inspirés, aux habités, aux prophètes, vociférant, prêchant, ne comprenant rien à ce qui jaillissait de leurs bouches. Se sentir animé par un courant furieux, lumineux, que rien ne peut endiguer, c'est comme être vêtu d'une armure invincible. Tu fractures le Monde, tu ébrèches, lézardes, perces un instant l'absurde coffre-fort dissimulant l'éternité. Et tu reviens, doucement, étrangement calme, tête pleine de lave, les doigts phosphorescents, comme un gamin épuisé après avoir couru à en perdre le souffle, ayant plongé ses mains dans tout le mauve et la fusion nucléaire des horizons en rut.

Tenir

J'ai tenu, je tiendrai, le plus longtemps possible.Je ne sais même pas si j'ai fait des efforts particuliers, c'était dans ma nature, j'étais taillé pour ça. Ce qui se détruisait, s'effondrait la veille, se reconstruisait dans la nuit à mon insu. Et dans les frais petits matins je retrouvais toute confiance, la plénitude et la vivacité des vierges attentifs.

Cette énergie, que j'aurais pu utiliser à des fins lucratives, je l'ai entièrement consacrée au sport le plus ingrat : lutte à mains nues dans les arènes de l'esprit avec ces redoutables fauves surgis d'un peu partout que sont les mots vivants et souples vous saisissant entre la gorge et le plexus.

Intelligence faible et mauvais raisonneur, avec ces lueurs d'incendies et quelques éclaircies... Tout à l'instinct, porté par je ne sais quelle euphorie, j'avais hâte de griffonner, de dessiner maladroitement leurs formes, et de les expédier dans ma forêt d'analphabète. Ce fut toujours ainsi. Et je me bats pour je ne sais quoi, pour je ne sais qui, oui, à mains nues contre des silhouettes dont il ne reste rien que quelques poils de bêtes, une plume, une dent, entre mes mains de braconnier des vents.

Forgerons de Mots...

Il faut être bien fou pour être un "forgeron" des vents. Nous rimons, frappons et limons dans le vide d'un four ayant la gueule du néant et sur l'enclume d'une plume trempée à l'encrier des mers.
Les mots ne sont que l'oxygène, le carbone et l'azote libérant la pensée de nos prisons de chair. Au mieux, comme je l'ai souvent dit, nous penserons qu'ils se joignent aux nuages et retombent en pluie sur un Monde assoiffé buvant ces élixirs de rage, de cruauté et de beauté aussi. La Terre est omnivore, elle se nourrit de tout. Les anges n'ayant qu'une aile sont des Hommes estropiés... et s'ils tournent en rond, ivres derviches, c'est pour, dans leurs fous tourbillons, tenter de s'arracher et de grimper enfin dans la Lumière.

Ciel contre Fiel...

Si rares sont les jours, devrais-je dire les heures, où nos esprits libres et détachés, peuvent légers et sans entraves vagabonder dans un azur illimité ! Tout le reste du Temps, (ce boulet rempli de limaille) il nous faut arracher et extraire la pierre bleue et le bon lait pour adoucir nos tâches de forçats à qui l'on vole à tour de bras ce qu'autrefois on appelait :
« le Temps de Dieu ». Avancer malgré tout, est un travail de mousquetaire de lumière, d'escrimeur fou déchirant à coups d'estoc et de taille le voile noir et les ténèbres qui par vagues successives étouffent tous les cœurs. Et il en faut de l'audace et du souffle pour taillader les cieux trop bas et dénicher un coin d'éclatante lumière. Il y a aussi le courage des simples qui, à mains nues et de toute la force de leurs rires, font reculer les hordes rampantes venues avec leur fiel dissoudre la ferveur. Les tentateurs de la désillusion sont légion. La symbolique veut que d'un pied on écrase leurs têtes et que d'une main ferme on saisisse l'étoile qui, fidèle, toujours, nous attend en plein ciel.

Papillon-colibri...

Si Adonaï est un secret au nom imprononçable et sommeillant au plus profond de chacun d'entre nous, celui qui comme moi n'en pressent que l'empreinte ou la griffe lointaine, ne peut s'en approcher qu'à pas de loup ou se faisant aussi léger qu'un papillon-colibri. C'est fou comme Il s'enfuit dès qu'il y a trop de bruit et, pour Le retrouver, tout là-bas, ou caché là tout près, il faut être frappé par une sorte de silencieuse immobilité, recueillement, catalepsie. Car il s'agit de libérer l'esprit afin qu'il vole alors à tire-d'aile, fuyant le Temps et la Matière, vers l'oubli rédempteur d'un éternel Midi que l'on berçait en soi bien avant d'être né.

C'est bien souvent vers les trois heures du matin, que, pleinement éveillés, nous sommes assaillis par multitude de signes, comme un crépitement d'idées se forgeant une issue hors des lieux convenus. Nous inventons alors, sans forcer, sans même savoir comment, et un autre langage et une autre manière de penser. Brouteurs d'étoiles fraîches, nous ressuscitons nos morts, nous brassons des milliers de vies et nous bloquons le Temps. Il renâcle le bougre, comme vieille machinerie sous l'emprise des sables. Ça craque, tangue, souffle et nous laisse répit pour entrevoir un monde suspendu, un grand rêve d'éther, zeppelin de soie blanche gonflé au pur hélium d'une tendresse vulnérable.

Et si nous avons eu le mal des bassesses, le pire étant la nausée des petits arrangements, nous n'avons jamais eu le mal des hauteurs. Notre nacelle est légère, nos rêves ont la couleur des plumes de chardonneret, notre idéal a le parfum des aisselles d'archanges et nous savons bien que nos mots ne sont que les balbutiements d'une imprononçable perfection. Ainsi ce qui nous nuit, nous appauvrit, parfois nous défigure, a cela de bon, ça nous allège encore. Et la fragilité de nos naissances matinales nous délivrant un instant de la lourdeur des idées toutes faites, nous rend aptes à recueillir tous les frissons d'une autre vie, illimitée, sans un gramme de gras.

C'est quoi ce qui nous hante ?

Si seulement tous ces petits mots fébrilement agencés pouvaient constituer le pavement ou plus humblement le sentier de graviers me conduisant aux portes du secret, je me dirais : tu as marché vers l'impalpable mais tous ces crissements sous tes pieds t'ont fidèlement, jour après jour, accompagné. Puissiez-vous ne pas trop vous lasser de ce travail de chemineau. Il est si bon de bavarder tout en allant guillerets vers l'horizon qu'on se partage comme un dessert bien mérité.
Il me paraît que le plus urgent c'est de nous rapprocher de ce qui sera notre éternité. Bien entendu qu'il s'agit avant tout de vivre ! La Terre est un quai, un port couvert de brumes entre deux Océans. Et de tavernes en caboulots nous y traînons nos guêtres avec ivresse et plus ou moins de liberté.
Ou accoudés sur le comptoir de nos idées, nous rêvassons entre deux coups fumants et de nombreux ratés.
C'est si beau d'attraper quelques éclats de chair, une timbale pour trinquer, qu'elle soit d'étain, d'argent, de fer ou de papier,

pâles reflets d'un poisson d'or qui hante et illumine nos greniers. Sous l'ambition et nos désirs cachés traîne toujours ce petit goût d'insatisfait.
Faut-il se contenter de patauger dans nos brouets ? Et c'est quoi ce regret de bras insaisissables faisant de chaque vie une étreinte manquée ?
Il semble bien que nous soyons constitués et imbibés d'une espérance infiniment plus vaste que toutes nos idées. Faut-il bien sages et appliqués se soumettre aux lois de l'imparfait ou, l'échine brisée, tordus peut-être mais entiers, ramper au bout du Monde vers un soleil irrationnel, inexplicable, sans autre objet que cet amour démesuré auquel jamais, quoi qu'il se soit passé, nous n'avons renoncé ?

La Bonté...

La Bonté n'est-elle pas jolie compagne de Beauté ? Mais par Beauté j'entends ici ces mouvements de l'âme qui détendent l'esprit le plus noué.
Comment ne pas considérer qu'il est Bon celui qui nous apaise et rend à nos

sourires toute leur Liberté.
Respirez, respirez, nous dit le maître des pensées. Car si tout nous atteint, rien ne nous fait flancher.
Tout voir, tout regarder, tout entendre, et puis passer… et ramasser dans nos grands sacs de chiffonniers les images immondes jonchant les rues de nos tourments. Faire un autodafé de nos misères et repartir léger, droit comme un mât de misaine, sur une mer illimitée. Oui, il est Bon celui qui nous apaise, nous fait cadeau de l'horizon avec ce goût de sel, les promesses câlines d'îles de sable multipliées. Il nous désigne enfin tous les ailleurs comme la porte d'à côté. Un tel cadeau vous le boudez ?

L'écriture : apprentissage de bonne solitude

L'écriture est comme une autre voix peuplant nos solitudes, un écho bruyant, confus et familier qui parfois nous surprend, car ne répétant pas ce que nous lui dictons. Nous ne sommes que les propulseurs, déclencheurs de ces vagues cérébrales. Et ce qui est particulièrement

excitant c'est de glisser ensuite sur des rouleaux venus de loin ne cessant de grossir et nous emportant bien au-delà de tout ce que l'on pouvait imaginer.
C'est ainsi que tu te laisses mener et malmener par quelques ouragans. Et tu files sur ton radeau grossier fait de mots de misère vers tout un tas d'étranges et effrayants crépuscules.
Là-bas, au bout, il y a l'œil bleu et argenté d'un cyclone où règne une pensée étale, l'oubli de tout, comme un sommeil peuplé d'immobiles archanges. Un silence sans nom, tout de grâce, sans remous, sans images, sans points et sans virgules, inépuisable source de toute création.

L'écriture est bien ma seule amie...

L'écriture est bien ma seule amie. Volage, craintive comme la tourterelle, absente et cruelle comme un fouet, aussi pâle et fuyante que l'encre sympathique, rarement révélée par le citron de mes envies.
C'est ma fiancée comme un Chagall, à

vous tourner la tête avec ses bas de soie et son sourire confondant dont on ne sait jamais s'il est de joie ou bien moqueur. Elle a le ventre rond d'une Ginevra Benci et le rire édenté d'une sorcière à la Goya. Elle se plie à tous mes caprices mais ne supporte pas une once de ma médiocrité. Aimante et intraitable elle engloutit ma vie.
Brasser des mots, pétrir des phrases, flatter la croupe des non-dits, frôler les seins d'une sirène, c'est de la tératologie. Et moi, vieux Minotaure aux labyrinthes infinis lorsque je sors au plein soleil de ses yeux verts, j'ai comme le tournis et j'oublie tout... et je reprends ma page blanche, béat, sourd, muet, tremblant, crétin et impatient, amoureux fou, surveillant la moindre syllabe, la plus petite voyelle, le plus infime pli sur ses lèvres de sang articulant d'imprononçables prophéties.

Doute...

Les doutes sont la nécessaire fermentation, l'effervescent travail dans les futailles de nos âmes préparant en secret nos espoirs les plus forts.

Force et Fragilité...

C'est l'impossible qui me plaît, l'inaccessible qui me tente. Pourtant une fourmi me fait trébucher et la moindre anicroche me broie le cœur à coups de pieds. Fragile mastodonte, je peux affronter bien des dangers. Mais un volet qui claque m'oblige à sursauter.
Un rien m'agresse, j'ai tellement besoin de paix ! Une broutille me tourmente, mais s'il s'agit de regarder la mort de près, de lorgner lc néant ou de foutre le camp dans le siphon de l'infini, j'y vais fleur au fusil, clin d'œil à la camarde et coup de pied au cul du petit aujourd'hui.

« La substance du Monde est la substance mentale » (Eddington)

Il est si doux de traverser la vie en parfait inconnu. Nous seuls savons ce que nous sommes, ce que nous avons fait. Nous et

la Terre, jeune et vieille compagne de chaque instant dont nous oublions la présence tellement nous y sommes attachés. Elle engrange pourtant, enregistre, garde le plus discret de nos soupirs, nos rires, nos cris, nos actes, dans sa grosse bouille ronde ébouriffée pleine de cicatrices. Elle emporte le tout depuis quelques millions d'années dans sa course effrénée de superbe gamine en haillons colorés.
Oui, la Terre est une énorme boule de Mémoire qui n'oublie rien de ce que nous sommes, de ce que nous avons été. Elle est l'aïeule des petits, vomit les grands, les puissants qui l'abusent, accueille sans juger ceux qui naissent, dorlote ceux qui voient, caresse ceux qui entendent, ensevelit ceux qui disparaissent, tourne sans fin avec tous leurs secrets.

Il est si bon de l'avoir comme témoin, gardienne, amie et confidente. Elle est tout ce que j'ai. Mater Vita Nostra, belle orpheline au teint bleuté nous transportant dans ses ellipses, sa tournoyante valse de foldingue grouillant de vies et de pensées dans un vide glacé. Elle trimballe nos peurs, nos joies et nos espoirs, nos tremblements, nos euphories, nos agonies et justifie à elle seule le pépiement du plus petit moineau.

Nos oraisons d'illuminés...

Combien de fois avons-nous dû nous convaincre qu'il nous fallait recommencer à marteler cet acier bien trempé rougi au feu de nos diverses passions ? Combien de fois avons-nous dû redémarrer après les longs arrêts de nos désillusions ? Tout ceci sans parler des affligeants silences de ceux qui n'entendent jamais ou ne comprennent pas nos oraisons, nos fougues d'illuminés. Mais quel était donc cet obsédant et cliquetant petit refrain d'une boîte à musique qu'il faut sans cesse remonter et sur lequel chaque fois nous nous remettions à danser ? Sommes-nous des crétins acharnés ou de pieux abrutis aux fronts bas grimpant parfois vers des sommets se perdant dans les brumes ? Des idiots innocents s'inventant des lumières que personne ne voit ?

Non, je vous rassure, rien de tout ça. Je suis catégorique. Nos toquades n'ont que le goût des premiers fruits de nos enfances et sont sans doute les ultimes images ouvrant un jour sur tous les ciels de nos attentes.

Délicatesse...

La délicatesse…
C'est disparaître, s'effacer, un pas de côté, en retrait, doux sourire en coulisses, heureux d'avoir servi un être ou une cause tant aimée, laissant les autres pleinement profiter de ce que vous avez fait dans le plus grand secret.
Pas de nom sur l'affiche, pas de « bravo », pas de « merci », ni même le clin d'œil de la complicité.
Tourner le dos et s'en aller, sur la pointe des pieds, comme une ombre oubliée, avec juste le goût du bon travail gratuit, juste... et sans lauriers.

D'ailleurs, vous verrez bien, on va le nettoyer ce Monde, en cureter les plaies et les désinfecter, les coudre s'il le faut avec le fil d'argent des poètes antiques, puis le masser avec l'onguent de nos mélopées qui deviendront de l'air très pur. Car les Hommes qui chantent avec leur âme font du cristal avec la boue.
Soyons les chirurgiens discrets, les invisibles jardiniers, les doux "apprivoiseurs" d'un animal en boule hérissé d'acacias, barbelés, banderilles, cheminées de centrales, moulins, panneaux de verre et d'acier, guerres, montagnes de déchets, tout l'attirail de la sacro-sainte et pourtant bien ignoble modernité.
Et nous, derniers sorciers, pauvres illuminés, avec des notes, des idées, des pleins et des déliés, nuages d'alphabets, des blanches et des noires, nos notes préférées, nos rites intuitifs, de l'humble poésie parlant tout bas aux oubliés, nos danses sous les lunes et nos cris d'éperviers, nous finirons par l'apaiser cet univers blessé.

La douceur, une transfusion avec le sang, les pics neigeux de nos pensées, le goutte à goutte de nos âmes et le baume des songes, valent mille fois mieux que tous les coups de fouet.

Une vie...

Au-fond une vie ce n'est qu'une voix, une silhouette, un regard. Et si chacune a son histoire, en dépit de sa fugacité ou de sa longévité, ce qui demeure n'est pas ce qu'elle a été, mais ce vers quoi elle tendait ou ce à quoi elle aspirait.
Ce qui compte, ce n'est pas le rôle que l'on a joué. Grand ou petit, nous sommes tous dans l'imparfait. Ce qui compte, ce qui demeure, c'est ce que l'on a tous un jour ou l'autre effleuré. Nous ne sommes que l'ébauche maladroite, plus ou moins bien dessinée, d'un prodigieux sommet perdu dans les nuages des « peut-être ».

La Perfection...

La Perfection... Qui a osé dire qu'elle n'était pas de ce Monde ? C'est bien d'ailleurs le drame. Nous l'avons en permanence sous les yeux et nous ne savons ni ne voulons la voir. Tout est là pour nous montrer l'inaltérable puissance d'une beauté sans nom et tout semble fait dans le dédale de nos gènes pour nous en détourner.

Et je m'en veux chaque jour de barbouiller de noir le vitrail lumineux de ce qui m'est donné.

L'Humain est un gamin stupide prenant malin plaisir à saloper ce chef-d'œuvre absolu au milieu duquel nous naissons, vivons, passons, sans lui accorder d'autre regard que celui de petits vacanciers ne laissant derrière eux que papiers gras, charniers de haine, montagnes d'ennui, de peurs et des crevasses de regrets.

Et s'il y a, comme je le crois volontiers, interaction entre nos états d'âme et la Terre toute entière, je crains que nos noirceurs d'esprit, notre grisaille matérielle et notre acharnement à piétiner l'espoir, ne viennent à bout de ce bel univers se nourrissant essentiellement de nos humeurs.

Et si parfois vous répondez, c'est du bout des lèvres. D'ailleurs qui répond ?
La vie n'est-elle qu'un permanent chassé-croisé entre des âmes ayant trop peur de se livrer ou n'ayant rien à dire, car le fond est si vaste qu'il vaut mieux l'éviter ? Nous vivons la surface, fuyons le feu ravageant les idées, les laves et le magma faisant tout fusionner. Trop riche, trop compliqué, d'ailleurs les mots nous manquent et... tout est embrouillé.Et puis trop dévoiler c'est risquer de jouer et de perdre les quatre sous qu'on s'était prudemment mis de côté. Vaut mieux se les garder. Autant parler de tout, badin, léger, les bons petits sujets de société, pour ne parler de rien.
C'est épuisant d'aller creuser au fond de nos jardins secrets. On sera bien avancé une fois qu'on aura déterré l'os que l'on croyait plein de moelle alors qu'il est aussi vide et creux qu'un vieux tibia rongé.
Oui, il est préférable de jouer les mystères, le retrait, souriant, bouche bée, ou de déblatérer à longueur de journée,

plutôt que d'étaler l'insondable ignorance qui est le seul trésor que l'on croit protéger.
Voilà pourquoi j'aime les bègues, les empotés, les bredouilleurs, les maladroits, les bafouilleurs ayant trop bu, les escargots sortant timidement de leurs coquilles, tous ceux faisant terrible effort pour tenter d'articuler, bavant un peu, cet indicible qui les hante.
Rien n'est meilleur que d'enfin se lâcher, sans filet, sans très bien savoir où l'on va, mais y aller, tout de traviole et trébuchant, un pas en avant, deux en arrière et soudain tout de go, comme mû par un puissant courant auquel rien ne résiste. Et ce n'est pas les mots que l'on prononce qui comptent, c'est le seul fait d'errer dans un désert, partagé…
On n'en ramène rien que l'impression d'être vidé, d'avoir tout dit comme à tâtons et à la fois le sentiment de n'avoir fait qu'effleurer l'ombre glacée du grand Midi. Mais au moins, une fois de plus, on a tenté de la gravir cette face cachée, inaccessible, de la montagne bleue aux milliers de reflets.
Mais qui sait déchiffrer le langage furieux

et délicat du dragon-colibri traversant notre esprit ? Et d'ailleurs, mais je l'ai déjà dit, qui répond ?
Nos mots sont des nuées dans un grand ciel d'orage. C'est vrai qu'ils donnent l'impression de ne servir à rien. À peine prononcés, buée de nos humeurs, ils s'effacent et fuient vers on ne sait quel vide.
Ils sont pourtant, ça je peux l'affirmer, l'humus, la terre fermentée, bourrée d'énergie électromagnétique, conduisant la pensée à devenir particules, atomes de lumière, semence de matière et puis longtemps après... devenir champs de blé.

Je ne suis pas sûr de moi...

Je ne suis pas sûr de moi, en tous les cas de la pleine existence ni même de l'utilité de ma personne. Mais ce dont je suis parfois à peu près sûr, c'est d'être un intermédiaire, un piètre interprète, une voix, un câble, un télégraphe servant de maigre pont suspendu entre les Hommes et un Ciel hiéroglyphique qui martèle sans cesse ses Mots. Je n'y comprends pas grand-chose, mais je ressens et relaie tant bien que mal les sourdes vibrations résonnant dans ma tête.

J'ai l'impression d'être une calebasse, un corps de violoncelle que des mains et des doigts invisibles tapotent, frappent, caressent... Je ne suis pourtant pas un migraineux et je me suis toujours méfié des extatiques visités.

Je crois que si l'écriture fut pour moi très tôt un refuge, une niche où ronger en paix le tibia des semaines, c'est devenu bien malgré moi une arche où s'agrippent des singes poussant leurs cris au milieu d'une houle avec des creux tordant tous les boyaux.

Et chaque fois qu'il y a une accalmie, je voudrais bien m'enfuir, quitter et m'éloigner de ce lourd et bruyant vaisseau fantôme. Mais sur ce sale rafiot fait de bric et de broc avec des alphabets, calfats de nos humeurs, il n'y a aucun canot de sauvetage, pas un esquif, pas un radeau. Et nageant comme un plomb je n'ai rien pour échapper à ce ramdam, prendre la poudre d'escampette.

J'envie l'ermite et le stylite et compagnie,

les rescapés dans leurs déserts où nulle voix ne les convie sous un ciel strict gommant leurs cauchemars et leurs lubies. Et si parfois il y a un bruit, c'est le tambour de leurs entrailles... ou le vent dans les palmes d'une oasis où coule un filet d'eau sous les sabots de petits ânes gris.
La paix est un cadeau dont nul ne sait le prix. Alors j'écris dans les tourmentes, les braillements, les huées. J'entasse des syllabes, chaque jour, et tente d'en faire un îlot. Mais le matin tout est parti, car les marées sont redoutables autour de l'arche de mes nuits et tous les animaux glapissent et ricanent de me voir aussi sot, bras ballants, démuni, un bâtisseur de vide, un empileur de Mots.

Cuirassé et goélettes...

Combien de signes avons-nous faits ? Combien d'appels lancés en vain ?
Tous avaient peur, les yeux levés vers l'ombre immense d'un cuirassé au nom terrible de "Destin". Spectre troué, à la quille de plomb, fumant, dégoulinant de

chaînes et d'araignées de mer.
Et ils étaient paralysés, fascinés par ce mur gris à quai, plein de menaces, écrasant, barrant tout l'horizon, sentant l'acier, la rouille, la poudre, le mazout et l'odeur aigre du radium.
Et les oiseaux tombaient comme des pierres douces sur le goudron mouillé.
Aucun ne se tournait vers le sillage blanc, là-bas, des fragiles et élégantes goélettes en bois de châtaignier verni, fuyant sur les sept mers pour retrouver l'île oubliée des nonchalants, des innocents, des insouciants un peu simplets... J'étais tout seul, à l'écart de la foule qui tremblait et me disais : Quelle chance ils ont, là-bas !... J'aimerais tant comme eux tirer des bords vers la légèreté...

Pesanteur...

La pesanteur est le résultat de ce que l'on peut nommer la perte d'innocence.
Avec nos corps balourds et nos esprits de plomb, malgré tous nos efforts pour transcender le tout, même le saut gracieux de la plus fine danseuse s'achève sur un

écrasement de ses simples kilos.
Rien n'échappe à la loi de la dure matière. L'Homme est un vrai manchot rêvant d'être léger. C'est ainsi que je l'aime. L'exaltation est son envol et son courage chaque fois, c'est de se relever de ses indénombrables chutes pour tenter à nouveau d'anéantir son poids.

Les mauvais jours...

Il est des matins clairs comme de l'eau de source et des matins bornés, fermés comme la mine renfrognée d'un sous-préfet faisant la gueule à sa Marianne. Rien pour nous élever ? Pas le moindre arc-en-ciel à quoi se raccrocher ? « Laisse brouter » disent les bœufs en mâchonnant une herbe tendre. En attendant, nous irons donc pisser en haut de la colline, remuerons les pierres du chemin, frôlerons les ronces aguicheuses, les jujubiers et tout le thym. Dieu n'est pas toujours là, il hiberne sans doute. Il n'en fait qu'à sa tête et tout son infini criblé de nos misères a des allures de manteau mangé aux mites et rempli de trous noirs.

Petits instants volés au nez et à la barbe de l'éternité sont piètres réconforts. Mais une miette de plaisir tombée dans l'escarcelle des vagabonds transis, c'est toujours ça de pris dans le néant des mauvais jours.

Arithmétique d'un lucide

L'inconvénient de faire des envieux c'est qu'ils vous imaginent toujours beaucoup plus riche que vous ne l'êtes. Mais il vaut mieux paraît-il « faire envie que pitié… » Les intérêts, multipliés par cent, du plus petit bout d'une gloire illusoire, c'est la rancœur, la jalousie, la délation et un fielleux détricotage de vos moindres actions. Tout ceci sans compter sur un énorme pourcentage qui n'est un dû que pour vous-même : l'insoutenable et insoluble équation de votre doute permanent.

Noires météores...

Comme on est grands sur des échasses !
Comme on voit loin du haut de nos tours

de briques, de verre et de parpaings ! Comme on est perspicaces avec nos becs bavards claquant des certitudes, nos cliquetis de mandibules décortiquant tous les savoirs ! Comme on est puissants avec nos lourdes carapaces de fer, de mépris, de chair et d'illusions !
Mais comme on est petits, misérables, maigres, osseux, rabougris, harcelés de questions, sans béquilles et criblés d'une pluie de noires météores, lorsque on se ratatine tout au fond de nos lits !
Alors on dort pour oublier, allant de-ci de-là, âmes à l'abandon, le flipper de nos nuits, sur des images décousues d'épouvantails soumis aux courants d'air des insomnies.
Et le matin, les yeux cernés, gueule de bois, bombant le torse, expirant l'air de nos mauvaises nuits, c'est reparti, on enfile à nouveau nos armures, on se bourre de paille, on a des réparties, on trépigne, on minaude, on maudit, on se relance en bons vieux matadors à la conquête d'un destin... qui nous guette le soir, avec ses airs bien délabrés, son sourire édenté, lugubre, de place forte désertée où tout semble inutile.

Peut-Être...

En ces temps menaçants, tant qu'il y a devant nous une pleine et entière journée de vie... décortiquons avec bonheur le grain de la seconde. Et c'est ainsi que j'aime vivre. Rien devant, ni promesse, ni contrat, aucune certitude. L'incertain est le maître dirigeant cet étrange combat. Et quand bien même l'Homme viendrait à disparaître, il n'y a pas plus grande joie que d'être là, sur le sol ferme de l'instant. Et comme disait l'autre : "Demain y pourvoira". Peut-être... Car enfin, quoi qu'il en soit, chaque vie se tient là, en équilibre instable entre ces deux verbes accolés qui sont l'essence même de la fragilité et dont nous ne sommes que le trait d'union, deux bras tendus entre un possible et une éternité rêvée.
Et je n'ai jamais été aussi à l'aise, et ce depuis l'enfance, que dans ces moments-là où tout l'organisé se casse, se brise en mille éclats, pour laisser place à la terrible surprise de ce que nous n'attendions pas. Je n'ai ma place entière et libre que dans cette fêlure où les plus sages restent cois. L'imprévisible étant toujours le meilleur

choix, le plat de roi des sentinelles et des hommes des bois.

Chemin bordé de l'alphabet des pierres

J'aimerais ici parler du mécanisme intuitif concernant mon écriture. En effet, la plupart du temps, une idée grimpe et, seulette, fait son petit chemin sur environ dix lignes. En bonne et méthodique cantonnière elle bâtit des murets faits des pierres voisines. Nul besoin de la conseiller, chaque mot trouve sa place. Je la regarde faire sans m'inquiéter. Comme on dit, elle connaît son métier. Moi je ne peux que recopier sur mes carnets électriques l'agencement tout à la fois élaboré et comme spontané de ces éclats de pensées fraîches surgies de nulle part. J'y mets la main parfois en bricoleur endimanché et mon esprit est un vieil ouvrier plaçant les mots là où il faut, rajoutant, luxe suprême, de belles mousses grasses et quelques « succulentes » sur le dos rond des pierres assemblées. Nul ne saura jamais le plaisir que l'on peut éprouver à peaufiner de l'inutile sur nos sentiers abandonnés.

Échanges...

Temps de retard, décalage... Toujours ces blancs entre l'instant vécu et la pensée. Curieux tout de même cette permanente impression d'être à côté. Et si par malheur, tu fais un énorme effort pour être pleinement là, présent, avec un plein d'exaltation, l'autre se sent envahi, dépassé, débordé et fait mille brasses coulées, s'étouffant pour tenter de te rejoindre. Pendant que toi tu joues ta fugue sur le hautbois des inspirés, l'autre exécute un menuet avec sa flûte de berger. Ce n'est qu'après, dans le silence des blancs et calmes lendemains, la vase retombée, que remontent les carpes, happant les éclats de lumière, les belles carpes au dos d'argent et aux yeux ronds, dont on ne percevait à peine que les ombres, le jour d'avant, dans cette sorte de brouillard qui trouble nos idées.

Écrire n'est pas un métier...

Si écrire devient un métier, un mécanisme plus ou moins bien graissé dont on maîtrise les rouages, où tout est calculé, grattant, enfilant ou ânonnant des phrases au kilomètre, je préfère et de loin apprendre le beau boulot de charpentier, celui d'artificier ou même de plombier.

Non, écrire n'est pas un métier, c'est une ascèse insensée. Même s'il y faut cœur et âme à l'ouvrage, un instinct de limier, une sincère et absolue fidélité, il s'agit surtout d'être capable de se fier à l'intuition, ce fil d'or qui est notre seul repère, la mince corde de survie. Car suivre cet oiseau multicolore qui sans cesse nous hante et va toujours plus loin, plus haut à la cime des cèdres et des grands séquoias, demande d'être sans trêve sur la brèche des fous, un rêveur acharné. D'ailleurs, pour peu que l'on revienne un instant sur nos pas ou bien qu'on se relise, on ne comprend plus rien à ce qui est écrit, on se demande même où l'on voulait aller. C'est épuisant d'être à ce point étranger à soi-même.

Dans tous les cas, jamais au grand jamais il ne nous viendrait à l'idée d'imaginer que nous pourrions en tirer quelque profit, d'en faire une fonction, ni même de mendier avec des yeux de merlan frit les petits sous de la reconnaissance, la

Cosette bossue des pires ambitieux.
C'est pourtant vrai qu'il doit être bien doux comme on dit de "vivre de sa plume ». Mais faut-il à ce point être nu pour se cacher derrière cet unique ramage ? Vous avouerez que le plus gras dindon serait bien ridicule avec une seule plume fichée dans le croupion. La liberté d'écrire est sans doute à ce prix qui est exorbitant : totale gratuité, sens secret des phrases invisibles qui grouillent à tes pieds et que le moindre bruit fait fuir aux quatre coins de la forêt. Il ne te reste jamais rien entre les mains et tu n'es jamais sûr d'avoir attrapé quoi que ce soit. Tu es le trappeur des transparents, le braconnier des farfadets, le passeur de lémures, le gardien des absents. Et tu ne sais jamais où vont les mots vivants, cœurs battants à tout rompre, lièvres nourris aux baies de genévrier que tu saisis par les oreilles et qui, très souples, échines élastiques, se débattent, te griffent jusqu'à ce qu'ils t'échappent d'un coup de rein, couinant, catégoriques, qu'ils ne t'appartiendront jamais.
L'écrivain de métier qui, lui, pèse le poids

des mots comme on pèse volaille vidée de ses viscères sur la balance des bouchers, surtout les siens… il en est fier... vous attendra derrière l'étal avec son nom, sa carte sous plastique et sa pile de livres, tout sourire dehors.

"Dix euros les cent grammes et je vous mets gratis ma fulgurante dédicace… Ah vous verrez comme je les ai dressés mes caniches de cirque ! Ah vous allez aimer ! C'est que j'en ai sous le caquet des phrases toutes faites… J'ai eu des prix Monsieur, j'ai un grand éditeur… Je suis dompteur Madame, je règne sur les gnous. J'en ai des cages pleines et des autruches aussi. Le reste est au frigo. Je laisse macérer. C'est la passion Madame, je vends comme je respire, j'écris comme j'expire et tous mes animaux sont dûment vaccinés et nourris au grain bio. C'est dur métier que l'écriture, mais quel bonheur de partager ! (Clins d'œil, soupir, tête penchée…) Si vous en prenez trois, tiens, je vous fais un prix ! »

Je suis celui qui écrit sans espoir de retour. J'ai pas su, pas voulu de la foire aux bestiaux.

Les mots tu les tiens pas dans le cube d'un

livre, sous le barnum des bateleurs.
Si j'attrape au lasso certains de ces lascars, mes mots de compagnie, ce n'est pas pour leur faire la peau ni même les suspendre comme trophées de gigolos, ni les faire sécher dans l'herbier mort des imprimés funèbres. Non, je voudrais simplement qu'ils m'enseignent le bond et le sursaut des évadés coupant les barbelés, éclatant les corrals, les murets, les enclos et les marges. Je veux hennir comme un idiot qui, des quatre sabots, s'offre un libre galop sur une belle page, blanche craquante et nue comme une plaine sans limites. Et que les vents effacent enfin le moindre signe, la plus infime trace de ma course, sous la poussière d'or, la craquante roulade de mille buissons ronds.

Obscure idée...

Je crains que l'écriture ne soit devenue un masque et un costume d'infortune ou, disons, et quelle que soit la vérité que l'on tente de défendre, un fac-similé, une vague, imprécise et lointaine copie d'un

"son" originel qui, lui, possédait sans doute le pouvoir d'engendrer l'Action et la Matière et son indispensable corollaire qu'est la Pensée.
Bien sûr il y a de grandes intelligences maîtrisant parfaitement le raisonnement, de formidables cerveaux capables d'élaborer les théories les plus complexes ou mieux de mettre en mots les intuitions les plus savantes.
Je ne suis ni les uns, ni les autres. Je n'ai qu'une obscure idée de la trame que je poursuis et qui pourrait se résumer en quelques mots : Au-delà du Temps, pulse et demeure, un langage liquide, simple et parfait, qui est la sève, le placenta, l'océan amniotique, la fibre mère et nourricière de l'éternel Vivant.

Aux oubliés de toutes les nations...

Dans ce Monde aujourd'hui je n'ai confiance qu'en ceux qui ne se montrent pas et qui fuient les médias. Il n'y a de vrai que ceux qui taisent leurs combats. Les m'as-tu-vu, les fiers à bras, faux naïfs déballant sans arrêt leurs petites histoires

comme un par cœur rodé et ressassé, sont à mon sens des épiciers, des bateleurs, dissimulant leurs intérêts un peu sordides sous le portrait très généreux d'Hommes gonflés au vent d'un altruisme bon marché. Mais comment leur en vouloir ? C'est qu'il faut bien jouer des coudes pour vendre sa salade. Qui peut prétendre ne pas vouloir laisser son ridicule patronyme à la postérité ? Il n'y a que les fous, les saints, quelques géants ou héroïnes de la pensée, pour toujours douter du bien-fondé de leurs actions. Il faut ainsi savoir céder la place aux audacieux, aux orgueilleux, ne reculant devant rien afin de graver leurs pâles traces fourmillantes de pixels sur les écrans de leurs contemporains.
La véritable Histoire ne se fait que dans l'ombre de ceux dont la plupart du temps on a oublié et la tête et la voix et le nom. En attendant, voilà le mien, déposé à vos pieds, bien modeste tapis de prière, offert aux quelques mousquetaires, aux amazones, dont je connais intégrité, constance et amitié.

Butins de nuit...

Le seul voyage que l'on peut faire à l'intérieur de soi, là, au calme pur des matins frais, vaut tous les ports de l'Inde rousse et les déserts du Nevada, les cimes du Népal et la toundra du Canada. C'est à la fois affreux remue-ménage et silence absolu. Traverser la pensée, c'est être sur un fleuve d'images dont les bords habités t'appellent, lançant des mots de tous côtés résonnant dans des langues étranges qu'à l'instinct tu traduis, comprends, sans pouvoir t'arrêter. Il y a milliers de têtes, de corps, de regards, de joies et de blessures, de voix, d'envies, de pleurs ou de regrets. Pourtant dans ce riche panel de chair, pétri de tendresse et de cruauté, d'espoir ou d'intérêt, malin, vif et roué, rêveur, poète, fou aux croyances multiples, il y a l'Homme, le même, chaque fois tout entier.

Ce sont ballots de laine crue, coffres remplis de cris, de chants, de rires, de sueurs, de chuchotements et de larmes, branches du corail noir des langues, le tout chargé sur ton puissant radeau de brumes, que tu ramènes aux embouchures de ta vie, dans l'estuaire ensoleillé où décantent le sel, le sucre et l'amertume des marées de nos nuits.

Braconnier de pensées...

L'idée est une bête qu'il faut traquer tout en douceur. Elle est vive, rapide et silencieuse, presque invisible, comme une hermine dans le brouillard et la neige de nos pensées agitées, désordonnées. Rien n'est plus inutile que de tenter de s'en saisir. Une fois repérée, il s'agit de l'appâter, bouger le moins possible, la laisser s'approcher. Chacun de ses frissons, la moindre ondulation, ses mouvements de tête, ses pas légers, indiquent sa curiosité. Elle aime être intriguée. De ton côté, tu ne peux qu'observer. Pas question, aussi rapide sois-tu, de mettre la main dessus. Elle s'enfuirait, te glisserait entre les doigts, ou souple, se retournant, risquerait de te mordre et disparaître à tout jamais. Contente-toi de regarder. Laisse venir. L'idée est animal inapprivoisable. Tu ne peux qu'en dessiner la forme, les contours. Heureux sois-tu si tu croises son regard. Car c'est là, dans la noire et profonde intensité, le jais de cette brute fixité, que tu pourras capter l'essence même de la vie, foudroyante, indomptable et te livrant d'un coup, même si c'est intraduisible, tous ses secrets.

Pelote basque...

Et chaque jour se demander ce que l'on peut encore extraire de ce magma qu'est la pensée. Ils sont si rares ceux qui répondent à mes billets. Je joue tout seul donc, et à mains nues, contre un fronton de ciment lisse, à la pelote basque. J'aime cette image d'une balle frappée, paume ouverte ou poing fermé, cognant de son bruit sec un grand mur blanc nous renvoyant impassible, force, beauté, imperfections, mollesse, précision, chacun de nos envois. Il est des tirs biaisés dont les rebonds sont incertains et nous obligent à courir vers des points imprévus où il faut se courber, s'échiner, se tordre afin de rattraper au vol le bloc de densité d'une idée ronde qui peut nous échapper. Seul le son nous indique la puissance d'un coup porté, les droites trajectoires et la sincérité d'un envoi parfaitement équilibré. Oui, l'écriture est comparable à ce jeu tout en nerfs, en attention musclée, qui déroule ses orbes sous la chaude poussée d'une intention aussi pure que cette volonté de briser ses limites et de se dépasser. Ceci dit on peut toujours rêver d'un coup trouant les murs, une comète ricochet filant tout droit vers les nuées comme aimantée par la fusion primaire d'où tout est né.

Philosophie d'un ignorant...

Qui que nous soyons, quoi que nous fassions, quoi que nous pensions, n'ignorons pas que chacun d'entre nous, s'il est absolument sincère, aide le Monde à mieux tourner.
Ne serait-il pas temps de laisser de côté toutes ces théories du grain de sable, de la fourmi ou de la goutte d'eau dans une mer salée ? Ne pas confondre humilité et ce sentiment absurde d'une parfaite inutilité.

Chacun est à lui seul un système solaire ayant mille moyens d'illuminer ou d'éclipser le moindre instant d'une seule journée. Bien entendu je ne peux rien prouver. Mais si la fusion d'une poignée d'atomes a le pouvoir d'éclairer une cité, je n'ose imaginer ce que l'énergie d'un seul corps animal, végétal ou humain contenant un esprit vibratoire nourri d'un million de pensées a le pouvoir d'embraser.
Il ne s'agit nullement de se prendre pour un héros ou je ne sais quel invincible. Il s'agit simplement de reprendre en main cette machine du vivant, de lui offrir toute son âme afin de constater la formidable interaction entre un brin d'herbe, un vent léger, un sourire et l'univers entier.

Guides...

Je reste fasciné par ces êtres pleins de lumière qui, aussi jeunes soient-ils, n'ont eu qu'une obsession : accomplir en conscience et en dépit de tous les obstacles, certains diront leurs rêves, moi je dirais l'inévitable et puissante trajectoire de leur vie. Il ne s'agit ici aucunement de reconnaissance ni de je ne sais quel esprit de compétition. Ils sont nés pour répondre à un appel qui vient du fond des temps et rien ne pourra les détourner de ces étranges projets en apparence inutiles qu'ils ont couvés et protégés dès leur enfance. Qu'ils soient marins ou astronautes, pèlerins, ermites, coureurs de fond, facteur Cheval ou Gaudi, grimpeurs ou acharnés poètes, ce qu'ils poursuivent est plus fort qu'eux, nourrit, remplit et illumine leur solitude habitée. Leur énergie, hors du commun, est tendue toute entière vers la réalisation d'un projet dont ils ignorent la portée. Celles-là, ceux-là, sont malgré eux des guides, aimantés par ce « je ne sais quoi » qui ne les abandonne jamais.

Sans doute est-ce cela la part divine qui dort en chacun d'entre nous mais que très peu, humblement, sans tapage, ni la moindre idée de rétribution, auront la force d'entièrement réaliser, acceptant même d'en mourir, comme un dernier élan vers cet Impossible, absurde et inhumain, ne les ayant jamais quittés.

Autocritique...

Ai-je atteint les limites du « dire » ? Il me semble parfois que je n'ai fait que ressasser, prisonnier d'un vocable étroit mais dont le choix de mots voudrait privilégier l'insaisissable. Pique-assiette de l'écriture, j'ai mon domaine à moi qui, s'il rapetasse je ne sais quelle grandeur, se réduit en réalité à un petit jardin de bricoleur obsessionnel. Je voudrais bien repousser mes entraves et d'une barcasse en faire un élégant voilier.
Sans doute déjà faudrait-il que j'enrichisse et remplisse mes tiroirs mémoriaux d'un nouveau vocabulaire, mais il faudrait en plus que je crève le ciel bas de mes tâtonnantes pensées. Avec ce que j'ai entre les mains je ne peux que tournicoter sur un terrain grand comme un mouchoir de poche dont je suis incapable de m'évader. C'est notre piège à nous, vaillants écrivaillons de nos misères, d'un genre terriblement restreint, nous voudrions en faire une épopée. Et à moins de briser nos misérables palissades et de nous jeter à corps perdu dans la pampa des nouveau-nés, nous ne ferons que

nous agiter comme volailles dans leur poulailler, sûres qu'en dehors de leur territoire crotté il n'y a rien à becqueter. Demain, juré, j'exploserai le crâne et les enclos de mes élucubrations domestiquées.

Le grand Silence...

Faire dire aux mots ce qu'ils n'ont jamais dit, extraire la sève des lettres endormies, c'est le travail de toute vie insatisfaite de l'acquis. Le pire étant d'être content d'un sac de mots délimitant nos pauvres états d'âme. C'est un peu comme si, léchant une coquille d'huitre, tu croyais déguster tout le goût de la mer, oubliant que dedans se tient le fruit lacté, prêt au repli, objet inondant tes délices.
Faire dire aux mots ce qu'ils ne t'ont jamais dit, c'est fuir loin devant eux pour remonter le temps juste avant qu'ils ne naissent. Dans le babil salé de lèvres ourlées de sable tu trouveras le grincement des premières syllabes ouvrant comme un couteau de ténébreuses failles. Et dans le ciel lointain

où germent des nuages, tu saisiras les formes d'un alphabet fuyant déchiré par les vents. C'est sans parler des branches, des galets, de l'enchevêtrement des algues et des bois flottés, des roches et des os, de tous ces signes que laissent les oiseaux au bord des marigots. C'est avec ça que tu tricoteras le jargon de ta voix pour imprégner d'attentives oreilles.
Mais si tu en restes là, fichtre, tu n'as rien dit. Les dieux n'entendent pas tes mixtures de terre. Ce qu'ils aiment ce sont les chants de l'au-delà. Ils ne se pencheront sur toi que si tu leur inventes un langage nouveau fait de chair et d'azur, de lave et d'hydromel, d'encens, de tourbe et de vapeurs. Car enfin, dire, c'est fait pour être bu par le grand silence repu de nos voix aigres, amères et frelatées. Le grand Silence est habité par un parfait où tout est dit.

Deux manières d'écrire...

Il y aurait donc pour simplifier, deux manières d'écrire, une, quel que soit le sujet, mâtinée de pensées, adroite,

réfléchie, déroulant une histoire plus ou moins imaginée mais soumise à l'implacable loi du « j'écris pour être lu, lié et relié, gravé, imprimé, et ardemment compris »... et l'autre, plus détachée, plus libre aussi sans doute parce que ne se préoccupant ni de modernité, ni d'efficacité stylistique, ni d'une quelconque clientèle à mettre de son côté, ni même de jeter l'ancre en se disant : "C'est fait..."
La seconde est plus rare, tout simplement parce que son but n'est pas de construire une baraque de papier mais de passer comme un nuage, une brume ou un courant d'air frais en direction d'un horizon inatteignable, inconnaissable, d'où nul jamais n'est revenu. Et si ses mots sont imprimés, c'est pour se diluer dans l'océan de nos cerveaux.

Là où les Mots vivent encore...

Naïvement, j'ai voulu croire que les mots parfaitement prononcés avaient une action et un écho particulier sur tout ce qui nous entoure. J'ai pu quelques fois en juger les effets sur l'animal, l'humain, l'arbre, la plante et les objets. Ce n'est plus obligatoirement le sens de ce qui est dit qui prédomine, non, c'est la voix, l'intention, le timbre soutenu par un regard aussi intense que possible.

Voilà pourquoi les mots lâchés sur du papier sont trop souvent inertes, comme désincarnés. Il faut alors à haute voix parfois les rembourrer, leur transfuser le sang vivant d'une attention particulière. Cela redonne vigueur et souffle à l'encre desséchée. Ce qui se dit ou se lit bien, reprend couleurs et chair. On pourrait presque même toucher l'épaule du romancier, de l'essayiste, ces poètes anciens, nos compagnons courbés sur leurs cahiers, arrachant des éclats d'étoiles à grands coups d'encre bleue, ayant depuis longtemps quitté la Terre. On voit leurs yeux, on voit leur front, on voit leur main danser la transe des idées.

Il y a cependant quantité de textes qui demeureront muets, comme mort-nés, putréfaction de la mollesse, salmigondis de la pensée par trop centrée sur elle-même. Et tu auras beau les gonfler, bouche à bouche, articuler, les malmener, rien n'y fera, ils sont inertes, ils sont passés. Ce sont les mauvais mots, les mièvres, à côté, inhabités, vides chrysalides que rien décidément ne peut ressusciter.

Naïvement, j'ai cru longtemps que le Verbe l'emporterait peut-être sur la folie des Hommes et la nature déchaînée. C'étaient nos cantilènes, nos poèmes, nos incantations, nos mantras, nos suppliques, notre manière à nous d'apprivoiser et de calmer le Monde trop souvent déchaîné, comme une vouivre ivre de sang.Mais comme vous, j'ai toujours buté sur l'incompréhensible enchevêtrement d'une surdité mentale, d'une bêtise frontalc, rendant inefficaces nos tentatives d'apaisement.

Alors les Mots ne sont-ils faits que pour nous préparer à la dislocation de la matière ? À moins qu'ils ne s'enfuient à notre insu à tire-d'aile, loin des Hommes et du bruit, vers un Ciel surprenant, parfait et juste traducteur de la moindre intention, savourant la douceur, jamais lassé d'une éternelle fringale poétique comme un reflet partiel de Sa propre abondance.

Ainsi, le meilleur de l'Humain, lui, ne mourra jamais. La cruauté, la cupidité et la bêtise s'expliquent aisément, retombent platement sur un sol dévasté. La sincérité, la bonté, la puissante générosité, ces fumerolles de l'esprit, elles, ne font que monter vers un ailleurs immense, parfaitement inexpliqué, fait d'un archipel de pensées dont chaque Verbe est comme une île de mémoire, un écho du parfait.

Blindés et goélettes...

Si je n'avais pas eu depuis toujours ce sentiment d'étrangeté et de malaise face aux choses du Monde, j'aurais sans doute mieux vécu. Je fis à grands efforts semblant de m'adapter. Je n'étais bien qu'à la campagne. Soleil, brouillards, pluie, hiver, été, peu m'importait pourvu que je sois loin du bruit, des foules et de toute vie horriblement "organisée". Seule la compagnie de quelques femmes, vues, vécues, aperçues, me permit d'éprouver une existence aveuglément justifiée. Elles au moins, semblaient savoir pourquoi elles étaient là, pourquoi elles avançaient comme de fines goélettes sous un noroît léger. Et leur côté (jusqu'à leur dernier souffle) confiantes passagères sur Terre, m'a quelque peu réconcilié avec la vie. L'absurde n'était vraiment pas leur sujet. (Encore un diktat imbécile, idée dégénérée suintant le fiel de vieux aigris, pervers jouant les généreux.) Arbitres de nos joies et juges de nos peines, ne pouvant pas garder pour eux la trouille ou la terreur que leur inspire le vide ou le néant, les hommes ont pris plaisir à saloper, obscurcir, dénaturer le ciel, là où les femmes adroitement ont toujours su ouvrir, se faufilant dans les mystères, la vibrante couleur de leurs yeux, mettant des pilotis sur les grands marécages et les lagunes de l'esprit, pour y poser leurs joies, jamais repues quoi qu'il arrive, d'un bon réel étincelant dont elles savaient se satisfaire. Elles furent les seules passerelles, les baroques Venise, les joyeuses passeuses entre le Monde et moi. Je leur suis reconnaissant pour leur invincible confiance. Et si j'ai pu péniblement me frayer un chemin dans tout un bric-à-brac de lois, c'est grâce à leur sourire et à leur indulgence pour les boiteux, les idiots, maladroits et béats, se faisant par ailleurs sans cesse taper sur les doigts afin qu'ils marchent droit et surtout … qu'ils apprennent à se taire.

Dieu est introuvable....

J'ai ce matin, naïvement, pour voir, voulu envoyer mon dernier texte à Dieu et il m'est promptement revenu avec ce commentaire : « Dieu ne semble pas être une adresse valide. Vérifiez-la et puis réessayez… » Un peu déçu, je me suis dit qu'il fallait peut-être que je rajoute @gmail.com. Mais rien n'y fit.
Je suis resté un instant bredouille et bras ballants devant mon écran blanc. Puis un message est arrivé, j'avais le cœur battant. Et si c'était… Mais non, nouvel échec accompagné de quelques mots désespérants : « Votre message n'est pas parvenu à Dieu@gmail.com car l'adresse est introuvable… ». Décidément on ne sait plus à quel saint se vouer. L'ordinateur est un plouc aussi bête et obtus qu'une machine à laver.

Mon double...

Quel destin m'oblige à toujours rencontrer l'être le plus ailleurs, celui qui, je le sais, ne pourra m'apporter que sa douce ou violente folie ou son rire aviné, son bel orgueil à terre et cette humilité particulière des oubliés, des rejetés, des mal-aimés ayant fini par s'estomper, décollant de ce Monde, n'apparaissant que par moments, comme des elfes, des hiboux, des zombies aux sueurs aigres, d'étranges messagers dont les yeux denses et aiguisés ont les reflets glacés de l'obsidienne ?
Mais tout cela n'est offert qu'à ceux capables de les voir, de les envisager. Et là, abasourdis, ils n'en reviennent pas qu'on puisse avec autant d'intensité les fixer comme si enfin ils existaient. Fouillant leurs cœurs depuis si longtemps abandonnés, nous découvrons l'éclat intact de leur beauté. Et mon Dieu qu'il est bon de retrouver l'incandescente vérité sous les loques dont on voulait absolument les affubler. Et si ils nous font peur et que l'on fait semblant de les ignorer c'est seulement parce qu'ils sont

nos doubles, noirs jumeaux d'un enfer que par tous les moyens nous voulons effacer.
Ne soyez donc pas si pressés d'aller vers vos tâches importantes avec vos noms idiots qui sont préfabriqués et tous vos gestes étriqués visant à ne servir que la reine ambition et sa cohorte d'illusions.
Regardez donc vos frères, entiers et courageux, qui ont osé passer la rivière des ombres et qui eux, sans calcul, affrontent chaque jour les terribles cyclones d'un amour sans retour.

À portée de nos doigts...

Il est des matins riches et bouillonnants d'idées comme grandes marées sous l'œil tournant et urticant des pleines lunes. C'est si puissant qu'on ne sait pas comment traduire les lames de fond, toute l'écume, venant à rythmes réguliers inonder nos esprits. Tout ce que tu peux faire, c'est ramasser par-ci, par-là, quelques cailloux, nautiles ou bouts de bois, misérables reliefs, restes épars d'un festin galactique dont tu ne peux goûter que

quelques vaguelettes. Et il faut être un fou et un sacré poète pour englobant le tout, des abysses au ciel noir, en extraire le jus magnétique avec des mots de chair afin de renvoyer à l'univers le suc, la pulpe, l'élixir de ses déferlements algorithmiques dans un éclair foudroyant l'ombre et ses soixante-dix-sept mille mystères.
Bien au-delà de ce qu'elle croit être capable de faire, oui la Pensée a par instants ce pouvoir-là.

Jardin d'idées ...

Quoi que vous en pensiez, je suis fier d'écrire, de recopier, ce que me livre chaque jour le djinn veillant sur mon jardin d'idées. C'est un carré de terre un peu sauvage où poussent des fruits et des légumes étranges, non traités, aux formes biscornues mais pleins de reflets colorés et au goût très très particulier ayant l'acidité des étoiles glacées. C'est cadeau chaque jour que de les récolter pour les offrir à ceux et celles qui en voudraient. Je n'ai rien d'une moissonneuse-batteuse, d'un Ford ou d'un Massey Ferguson, à peine un vieux cheval, un percheron, j'exagère, un âne des Pyrénées, passant avec délicatesse entre deux rangs d'abricotiers. Et quel plaisir de ramasser les radis, les navets, la noire de Crimée et la fraise des bois, groseilles, framboisiers. Et tant d'autres encore que je ne sais nommer. D'ailleurs je ne sais rien que la saveur un peu rustique de mes mots matinaux, râpeux, acidulés, pleins de promesses, couverts encore de rosée et du parfum profond, tenace, des grands champs d'immortelles à côté.

L'âme des petits voyages...

Je n'ai jamais aimé que la profonde solitude, cousine du silence et sœur de vérité. En contrepoint, riche et nécessaire, j'ai aussi aimé me plonger dans les foules vivantes et bariolées des marchés, passer sous de fraîches arcades où résonnent les voix, les appels et les rires de tous ces inconnus qui me sont familiers. Des squares, des cafés, des ruelles tordues jusqu'à tomber sur des impasses ou quelques cours pavées sentant le linge frais, l'urine et la friture. L'Humain est là aussi, bruyant ou bien caché. Et sur les toits de vieux immeubles les pigeons griffent les tuiles et les lucarnes, tapent du bec sur les balcons.

Mais rien ne vaut les sentiers blancs longeant des murs de pierres et des portails rouillés qui n'ouvrent plus depuis longtemps. Oui, rien ne vaut ces escapades où le Temps balayé nous laisse libre de passer les villes provinciales pour gagner d'un bon pas d'immenses champs de blé bordés de ces bosquets d'où sort le cri du geai. Et derrière, en retrait, dans des villages gris et comme abandonnés, sonnent, on ne sait pas pour qui, trois cloches grêles d'une église à midi faisant piailler les hirondelles et s'envoler mes amies les corneilles vers un ciel aussi pâle et bleu qu'un grand regard éberlué de fille myope, ivre d'amour et d'outrageuse liberté.

Où sont les justes?

J'ai plus appris des enfants que de tous leurs aînés. J'ai plus appris des premiers Hommes que des derniers venus brandissant les vertus de la modernité. J'ai plus appris des saints que de l'homme ordinaire, mais chez l'homme ordinaire j'ai trouvé bien des signes de dite sainteté. Quant à la poignée de destructeurs s'accaparant le Monde, ils sont eux-mêmes les jouets d'une force innommable dont ils sont les débiles, les très faibles sujets soumis et dévoués. Alors comment juger ? C'est pour cela que chaque heure, chaque journée, sont à traverser sur la pointe des pieds, libre de toute influence, mais avec le sens d'un immense respect pour la fragilité, l'éphémère beauté de toute vie en permanence menacée.

Coyotte

Mais vous me direz : « Pourquoi tant d'acharnement ? Qu'aviez-vous donc à tant vous agiter ? Ne pouviez-vous pas vous contenter de vivoter l'instant, serein, croyant être à l'abri, faisant comme si de rien n'était ? Vous vous seriez évité bien des confrontations, des refus, des rejets, une détestation générale venue de ce côté coyote jappant et glapissant toutes les nuits, les yeux mi-clos, truffe tendue aux lunes noires, babines retroussées, disparaissant au moindre bruit, oreilles basses et l'air contrit. »

Et que pourrais-je vous répondre... mon métier de crieur fut de vous éviter de roupiller en paix, de planer sur vos rêves comme un guetteur ami. Et si je n'y ai pas réussi cela m'aura au moins servi, tout enroué que je suis, à ne pas moi-même m'assoupir, me laisser enjôler par des réalités bien mensongères.

Le « dérangeant » décidément est le tocsin des endormis. Il nous prévient des vagues sombres déferlant à minuit en plein sommeil des innocents. Il nous permet surtout de ne pas s'avachir dans l'enclos des idiots satisfaits broutant les yeux fermés l'herbe des illusions, d'être aux aguets de jour comme de nuit. Car ce qui vient n'a pas de nom, c'est l'ombre indescriptible de nos terribles peurs qu'il

faudra bien calmer, nos immenses chagrins qu'il faudra consoler.
Pourtant, si vous saviez, la mort n'est qu'un moineau prenant l'allure d'un corbeau. À bien y regarder c'est nous qui avons affublé ce pauvre oiseau d'une tenue si noire, si lourde, dans laquelle il est tout empêtré, alors que lui, léger, ne rêve que de claquer ses ailes un peu grinçantes vers de grands champs de mauves au goût sucré, acidulé, de pleine liberté.

Nos intentions...

Comment peut-on faire confiance aux mots roulant sans fin dans le grand fleuve charriant les boues du langagier, les mots écrits, les mots parlés ? Ce sont galets, graviers, sables, diamants ou verres érodés, filaments de papier, paillettes d'or, d'argent, de cuivre ou de fer nickelé. Rien qui soit stable, rien de scellé, car tout file, s'engouffre et disparaît dans l'incessant courant de millions de pensées qui se diluent, se noient bouche ouverte au cœur de l'Océan premier, cet éternel et insatiable gobeur de tous les alphabets muets.

Alors... peut-être... ce qui demeure, ce sont nos intentions, salées, sucrées, amères, remontant en brouillards et buées, portées par les nuages qui à leur tour déversent en crachins, en ondées, en pluies serrées, l'acidité de nos regrets, le plomb de nos souffrances et quelquefois l'eau pure et exaltée des larmes de nos joies inexpliquées. Et sur les rares endroits où ces dernières sont tombées repoussent aussitôt champs de figuiers, forêts de peupliers, oliviers millénaires, chênes, cèdres, cyprès, absorbant la misère, multipliant les chants d'oiseaux, redonnant à la Terre son goût intact de mousse et de fougère, reflet parfait d'une extase hors du Temps.

Vanité, vanité...

Nos modernes correspondances avec envois groupés, même s'il ne s'agit que de rares amis, perdent sans doute un peu de la vivacité d'une plume sur lettre adressée à un seul. Il y eut bien autrefois

quelques maniaques au carbone, recopiant plusieurs fois, pour la postérité, leurs petites idées dont ils gardaient précieusement l'original dans toutes sortes de chemises datées, numérotées. Il m'est souvent arrivé, chinant sur des marchés aux Puces, de retrouver de ces cahiers écrits serrés, sentant l'Homme appliqué laissant son vain et triste témoignage. Vieux manuscrits tapés machine, double de lettres envoyées, le tout signé à l'encre, sentant l'urine de souris, rempli de ces insectes nommés « poissons d'argent » ou d'araignées séchées et traversés de labyrinthes creusés par quelques vers aimant à vivre au chaud des pages, bien studieux, digérant, mourant eux-mêmes au cœur de nos écrits. Vanité, vanité…
Au fond, quoi qu'on écrive, nos seuls lecteurs universels et acharnés sont de petites bêtes sympathiques ne reniant jamais leur tendre amour pour nos billets. Qu'adviendra-t-il de tous nos mots figés sur des écrans glacés ? Pas un insecte ne voudra manger de ce pain-là. Pas un seul ver pour creuser galeries dans le micmac électronique. Plastic, acier, cuivre et

autres métaux compressés finiront sur des tas dont toutes les mémoires se seront absentées vers des nuages gris. Et c'est très bien ainsi.

Ma meute...

Si j'avais trois sous de jugeote, les pieds sur terre et un panier qui ne soit pas percé, je dirais à mes mots de rester à la niche, de n'aboyer, de ne chasser qu'en cas d'extrême nécessité. Mieux, je les enfermerais. Ces mâtins, mes bâtards, ne peuvent s'empêcher de hurler à la lune chaque jour que Dieu fait. Et plutôt que de me ramener grives et faisans dorés, ils poursuivent haletants, mulots et ragondins, taupes et batraciens... et je ne sais quel animal étrange à langue bleue et aux yeux globuleux rotant à qui mieux mieux. Harassés, essoufflés comme harmoniums crevés, mes cabots toujours reviennent, déposant à ma porte, bouillie, charognes et autres immangeables que je dois enterrer. Mais j'aime tant leur liberté que je les laisse en meutes courir de tous côtés.

Rien n'est meilleur pour moi que d'entendre la nuit ces frôlements, craquements, hurlements de joie ou de douleur, ces jappements dans la forêt et dans les champs aux herbes hautes. Je m'imagine quelques dragons ou loups-garous, animaux bicéphales, striges, chimères, fuyant devant mes chiens qui parfois se font mordre mais qui ne lâchent rien. Le seul cri d'un blaireau sous une lune noire vous fait l'effet d'une âme en train de se réincarner. Le glapissement d'un renard vous donne le frisson. Mais c'est si bon d'éprouver l'épouvante d'un invisible qui va et vient et se rapproche comme attiré par vos frissons, sueurs et autres chairs de poule…

Jeu de l'Esprit...

Je vais peut-être vous apprendre quelque chose qui risque de vous surprendre… En réalité vous êtes Seul sur Terre et vous avez pourtant peu ou prou sept à huit milliards de reflets, chacun si différent que vous vous y perdez. Et je dois aussi vous dire, mais ça vous le savez, que cette

histoire dure depuis quelques millions d'années.
Au début vous étiez numériquement un. C'est sans doute le sentiment d'intense solitude qui vous incita je crois à vous dédoubler. Et tant qu'à faire, puisque croître était votre idée, autant créer des modèles qui ne soient pas tout à fait à votre seule image, vous vouliez des images physiques et mentales à peine décalées. Cela vous amusait follement. Et je dois reconnaître que vous étiez doué pour engendrer une telle diversité de formes, d'espèces et de pensées.Il est vrai qu'en des temps reculés c'était sans doute plus facile d'identifier l'ami ou l'ennemi, le bon ou le mauvais, l'adopter, le réduire à néant, comme on fait d'un greffon ou d'une taille de bois mort.Avouez aujourd'hui que vous êtes quelque peu débordés. Il y a celui-là que vous voudriez gommer, anéantir ou supprimer, celui-là que vous pourriez aimer et tout un tas de « vous » connus ou ignorés dont vous vous passeriez mais qui, spontanément, au flux de vos idées, naissent, grouillent et prolifèrent comme vermine sur un cadavre de mulet. Mais

vous savez comme moi désormais qu'une fois ce processus de parthénogenèse lancé, il est très difficile de tout arrêter. Nul n'est absolument maître de sa folle curiosité, de sa tendance à procréer.

Bon, ceci posé, comment une fois de plus vous expliquer que cette immense variété est comme une démultiplication de cellules issues du même premier organisme : le vôtre. Alors vous voilà bien ennuyé. Quelle famille ! Et comment dès lors regarder le voisin, l'ennemi, l'abruti, le fou dangereux, votre opposé, celui que vous détestez ? Car si c'est vous ce grand conglomérat de haine d'amour et de rancœur, de fronts butés, de pétillantes intelligences, de flemme et de courage, de lâcheté et d'intrépidité, de vice et de vertu, il faudra bien apprendre à tous vous supporter. Vous avez beau critiquer à voix basse tel ou tel aspect de votre personnalité issu du coin le plus obscur de votre univers infiniment mental, il n'en reste pas moins qu'au fond, en général, vous vous aimez. Songeriez-vous à vous couper un bras, une main, ou vous crever les yeux sous prétexte de corriger un de vos pires aspects ? L'âme sœur, comme l'ennemi juré, sont des leurres que tu t'es inventé pour te faire oublier que ce que tu poursuis n'est autre que toi-même. À ce stade, je ne sais plus si je dois employer le « tu » ou le « vous ». Alors mon, ma pauvre amie, je compatis, je compatis.Certains sages, quelques intermédiaires dont tu es sans le savoir le maître, la parturiente, l'accouchée, le grand ordonnateur, ont sans cesse tenté de te rafraîchir la mémoire, de t'indiquer la voie. Ah on peut dire que tu en as laissé des traces, tu en as semé des signes sur toutes sortes de parois, sur des écorces de bouleau, du papyrus, des parchemins, du papier, des écrans... Le drame, c'est que tu oublies le lendemain ce que tu as gravé, dessiné, écrit, envisagé ou programmé la veille. Mais le plus effrayant pour toi fut d'être si mal et si diversement interprété. Et oui, tout vient de cette étrange amnésie qui t'a gagné le jour où, consterné par ce que tu avais généré, tu décidas de te mettre à mort, de disparaître, de te gommer, retour à la matrice du néant, comme si cela pouvait enrayer, effacer ce grouillant phénomène d'une copulation désormais hystériquement spontanée.

Je suis navré de te le dire pour la millième fois : méfie-toi de ce que tu as ardemment désiré.Il n'est pas nécessaire de trembler ni d'avoir peur d'une trop grande diversité qui imploserait sous l'effet d'extrêmes divergences. Tout évolue et passe par une nécessaire complexité.
Il ne fallait pourtant pas être grand sorcier pour comprendre que c'est de l'un vers le multiple, aussi cacophonique soit-il, que naît envers et contre tout la seule Liberté. Ainsi viendra le Temps de l'Unité retrouvée. Car au fond, tu le sais, tout retourne à la note première, au silence adoré et à l'Indivisible parfaitement consommé.

Fringales...

"Point trop n'en faut !"... Allez donc dire ça à un furieux baroque. C'est Luther au pays des bâfreurs et à la table des Gargantuas, Buren le sec flottant dans la cuisine d'un Gaudi.« Point trop n'en faut ! » s'écrieront-ils. Ah les stylistes, les maigrelets, les sans idées, les pondérés linguistes, les petits pas feutrés !
C'est le credo des constipés chroniques,

c'est l'hallali des impuissants, des fatigués du cervelet, le goutte à goutte des prostrés prostatiques ! Mais nous, la vie nous emporte sur un fleuve grouillant d'anguilles et de turbots pour nous jeter dans des marmites océanes où glougloutent sans fin de voraces volcans."En faire trop" c'est brasser le vivant à pleines mains jusqu'à plus soif. S'en mettre jusque-là ! C'est la santé des affamés se pourléchant devant un rôti tournebrochant et crépitant sur lit de braises. Et tu veux pas ce morceau-là ? Tant pis pour toi suce-navet, t'auras qu'à fondre sous les néons singeant les lunes.

"En faire trop", c'est déborder d'une joie sans limite et partager cet appétit avec tous les sans lois et sans mesures, les heimatlos de la pensée et les grands singes bleus des forêts inconnues, hurleurs ou cachottiers, fuyant les culs pelés, les tristounets, les glabres, les froids, les riquiquis, les prévoyants, les économes et tous les faux amis de notre Terre cannibale.

Soyons certains que même au bout de leur festin, s'ils s'éteindront aussi mes tendres fauves, ce sera avec un creux à l'estomac ou une faim de loup. Sacré morceau le grand néant ! Il faut bel appétit pour l'avaler tout cru, bouche pleine d'étoiles, suçotant la réglisse du vide, buvant le jus sucré lacté des nébuleuses, grinçant des dents sous l'amertume, l'âcreté des trous noirs, savourant, dessert suprême, vanille des big-bang, une infinie béatitude. Car Dieu est un fondant enrobeur et crémeux, sans limite de Temps... et sans crise de foie.

Le grain et l'ivraie...

Décidément, lorsque je me relis, je me rends compte chaque fois qu'il me faudrait savoir laisser se reposer un texte frais pour le reprendre un peu plus tard. Ici ou là en rajouter, changer un mot, en supprimer, c'est le secret des petits pains parfaits.
Et toi mon pauvre Alain, en paysan, tête baissée, avec une sorte d'impatience, une euphorie incontrôlée, tu sèmes à tour de bras le grain comme l'ivraie. Et tu t'étonnes après d'avoir des champs entiers de blé et d'herbes folles.

Tes billets sont ballots de foin, de paille et de luzerne, blé, seigle et orties, ciguës et belladones, ronces, roses et pourpiers, le tout bien mélangé. Ah et puis merde et... saperlipopette, vous avez qu'à trier ! Si j'en fais trop, c'est par nature. Je ne peux pas me réprimer sous peine de rester muet. Et rien n'est pire qu'un vaillant spontané à qui on dit de s'économiser, de réfléchir, de se poser, à qui on coupe l'herbe sous les pieds, à qui l'on cloue le bec comme un riche et rougeaud bavard dont on exigerait qu'il soit gris-clair et concis comme un juge de paix.

Escamotage...

Il y a un vrai ravin entre ma joie et ma tristesse. Et je ne sais jamais des deux qui entraînera l'autre. C'est sans doute un combat entre mes deux natures dont je ne perçois ni l'étendue ni les dégâts. Chaque matin, m'extirpant d'un faux sommeil de carton-pâte bien souvent destructeur, debout je reprends vie, mes doigts réclament leur pâture. Après un bol de café, deux brioches et du miel, qu'il fasse beau ou bien mauvais, je tape les touches du clavier de ma machine à écrire sans me soucier de où ça va ni d'où ça vient. C'est bonne goélette avec petit vent frais. Les mots roulent tout seuls, ils ont les joues roses, rouges et gonflées des choses de plein sens, des choses bien portantes.

L'après-midi, c'est moins joli. On se croirait dans une casse, un dépotoir, une poubelle à chrysanthèmes. J'ai même honte d'avoir écrit tout ça. Les mêmes mots deviennent gris, c'est l'ossuaire des idées. Et lorsque je parcours ce bric-à-brac de tôles et de ferrailles, de caoutchouc usé, de vitres brisées, de plastiques lacérés, je me demande qui pourrait trouver là le plus petit intérêt. Rien n'est pire à mon goût qu'un papillon épinglé. Et c'est un peu ce qui se passe. Ce qui était vivant, mobile et coloré devient amas de chrysalides. Chaque page devient vitrine de taxidermiste, de maniaque empailleur paralysant le mouvement fragile, ou pire encore : décharge abandonnée.

J'aurais mieux fait avec mon sang, mes muscles, toute ma bonne volonté, de travailler, gagner ma croûte, suer, râler, marcher, me crever mais repartir avec un bon billet et quelques pièces de monnaie pour payer ce que la vie, ma grande sœur, indifférente maquerelle, demande. Douché, tout neuf, me mouchant fort, un peu courbé sous la fatigue, j'aurais l'humeur du gros travail bien fait. Tandis que là, le ciboulot en marmelade, maigre et dégingandé, chargé comme une mule de courants d'air et de rêves avariés, j'ai la nausée d'avoir perdu encore une journée à assembler des lettres qui ne veulent rien dire et ne servent à rien sur un écran aussi blanc qu'un cul plat de douairière, les yeux défaits sur un puzzle maudit dont l'image obtenue se volatilise et s'enfuit chaque fois qu'on croit l'avoir fini.

Le ciel est à ceux qui le trouvent. Inutile de l'inventer. Il est là, à peine au-dessus de nos têtes et ne se dérobe jamais. La Terre est là, sous tes pieds. Elle ne demande qu'à rouler. Chaque jour est un grain de café, inutile de l'enrober d'un kilo de gelée, de saindoux, de margarine, de chantilly ou de purée. L'écrivain est un illusionniste ou pire un camelot. Il adore pleurer, rire, se satisfaire tout en imaginant, sourire en coin et larme à l'œil, que ce qu'il se raconte sera la panacée pour un grand nombre subjugué par tant de fausses vérités, petits arrangements d'un mauvais cabaret.

Un peu d'égard...

Un peu d'égard pour les aventuriers du verbe bleu et noir…
Pour nous qui ne sommes que les bêtes de somme d'un labeur invisible, méconnu, journalier, est-il possible d'avouer que par moments nous rêverions de tout lâcher comme des âmes éreintées ?
« Z'allez quand même pas nous dire qu'écrire c'est travailler ! » C'est que, aller chercher à l'autre bout des Mondes, dans quelques galaxies, des bulles d'oxygène, un brin de vérité, quelques pierres tourmentées, glacées, recelant un morceau d'univers, un plein sac de poussières, une violette de cristal, ramener ça intact avec force croquis, c'est du boulot quand même pour de malheureux colporteurs irradiés d'impalpable ! " Mais qu'est-ce que vous voulez qu'on en foute de ces échantillons de tout votre infini ?" Je sais pas…

d'autres lois, un nouvel aujourd'hui, du rêve pour demain, une énergie inépuisable, quelques rayons de miel, de l'eau parme d'Alpha du centaure. Et puis c'est pas si mal d'aller voir ailleurs si on y est aussi. On revient pas intacts de nos expéditions. C'est qu'on en perd du poids un peu à chaque fois ! Un jour c'est sûr on s'en remettra pas de nos voyages galactiques. Alors, faites un effort, vous pourriez au moins jeter un œil sur nos carnets de pèlerins qui ont défié l'apesanteur. Il y a dans nos tiroirs, peut-être, quelques graines de vie enfermées dans du quartz ou de l'ambre, ramenées de nos virées stellaires. Et qui sait, ce serait peut-être utile, pas pour vous, ça on l'a bien compris, mais pour une poignée d'irréductibles illuminés en quête d'un monde où l'on pourrait semer toutes sortes d'espoirs.

Prière aux âmes...

Je vous en prie mes âmes, révélez-nous tout ou partie du grand Secret... N'hésitez pas, approchez-vous, inondeznous de votre paix. Pour vous qui baladez délivrées de toutes contraintes dans une chatoyante éternité, ce devrait être facile. Ayez l'idée de vous poser une seconde auprès de ceux qui n'ont cessé de vous aimer. Un mot, un geste, un signe, une pensée… Mais il est vrai que rarement, nous les vivants, n'accordons quelque importance à toutes sortes de minuscules apparitions : étincelles, lucioles, vols d'oiseaux, papillons, regards tendres inconnus, je ne sais pas moi, une chanson, parfum qui s'insinue soudain dans une rue, ou une main venant légère effleurer nos épaules alors que seuls nous traversons un champ de pierres en pleine nuit. Ou alors, c'est qu'il y en a des hypothèses, il vous est impossible de vous glisser d'une manière ou d'une autre dans tout aspect de la matière. Ou votre éternité c'est d'être indifférent et de glisser sur nos misères dans des sourires séraphins. Ou il n'y a rien, et c'est encore plus simple, car ce que nous désignons d'un geste vague comme l'autre côté, n'est qu'une absence décisive, un vide sourd, aveugle, sans but et sans autre projet que de dérouler sa mécanique

obsessionnelle : pondre sans fin comme une énorme poule, galaxies en fusion, naines blanches et rouges, nébuleuses fuyant toujours plus loin, avaler ça dans ses trous noirs, régurgiter le tout dans des hoquets incandescents… Requiescite in Pace…
En attendant, tout ce que je peux vous dire, c'est que, comme je le crois parfois naïvement, si Dieu est un enfant jouant tout seul à cache-cache, nous ne sommes que malheureux et tristes adolescents ou pire, adultes ventripotents, pleins de stupides convoitises, insatisfaits et malfaisants.
Quoi qu'il en soit de nos croyances, de nos questions et de nos doutes, à vie donnée, que ce soit fruit du hasard ou d'une inévitable destinée, autant avoir la suprême élégance d'en faire un bel objet.

Incorrigibles incompris...

Mes marques de fabrique furent d'être très largement incompris ou tout du moins pris pour ce que je n'étais pas : un intellectuel. Je n'étais en réalité qu'un lent contemplatif, une sorte d'animal paresseux ayant des digestions difficiles. Cette lenteur était doublée d'une anxiété venant du fait que je ne comprenais strictement rien aux rites d'efficacité et de rendement que toute société exige de ses semblables. Je fus ainsi très tôt pris pour un hurluberlu, un rêveur, un poète un peu crétin dont l'inadaptation passait pour un effet de manche, une pose étudiée. À vrai dire c'était aussi maladroit qu'un faux penseur accoudé à un manteau de cheminée invisible. Outre les crampes que me flanquait cette attitude, je mesurais le ridicule de cette inconfortable posture.

Seuls les grands sentiments, stimulés par la toute-puissance océane de l'imaginaire, me tiraient de ma léthargie. Et là, qu'il était bon de s'élancer sans la moindre contrainte dans le ciel pur qui me berçait. Mais que le réel nous rattrape vite ! Et il faut à toute bringue se rhabiller pour avoir apparence convenable. Ou, bien né comme je le fus, se saisir d'un fleuret et de bottes et en découdre avec une armada de mercenaires à la solde du bon droit.

Souple, arrogant, bâti comme un jeune

chêne, je me fis les dents, tout d'estoc et de taille, et la provocation m'apprit la joie des réparties. Le « il vaut mieux faire envie que pitié » fut mon credo de mousquetaire. Je portais fièrement mes hardes trouées aux armes illisibles et mon percheron prenait des airs de cheval andalou. En fait de mets princiers nous broutions la même herbe et croquions hannetons et scarabées dorés. La misère est un plat qui se mange en silence planqué dans les buissons de la pudeur, de la timidité.

La gueuse me suivit toute ma vie durant tandis que j'arborais le blason des nantis.

Je tiens encore tant que je peux, dents brisées, cheveux rares, me tenant aussi droit qu'un vieil épouvantail sur ma maigre haridelle. Je ne vois presque plus la horde de vautours guettant l'ultime chute, fuyant à peine dès que je fais un geste pour chasser mes derniers cauchemars.

J'ai le regard lointain de ceux qui, presque aveugles, n'ont jamais cessé de porter le plus bel étendard : l'infini en lisière et Dieu cognant paisible à chaque battement le velours de leurs cœurs.

Exigeante écriture...

Avec l'écriture, pas question de baisser la garde un seul instant. Aucun relâchement, aucune facilité ne sont autorisés. L'autosatisfaction est à bannir. L'exigence la plus tenace est de mise. S'en remettre au subconscient peut aussi jouer de sales tours. Ce n'est pas ce qui vient facilement sous les doigts dicté par je ne sais quelle fausse inspiration qui est à privilégier. Tout est pièges... et au tamis des relectures vous verrez qu'il ne reste pas grand-chose au fond de la batée.
Il s'agit de ne pas lâcher un seul instant l'idée-mère et de délicatement l'accompagner avec les mots de sa famille. Pas un de trop, pas un de moins, sinon l'animal vous glisse entre les mains et vous brassez du vide vous extasiant sur du tombac.
C'est un effort constant ne souffrant aucun arrangement. Autrement dit c'est épuisant.
Et s'il vous arrive parfois de croire que les mots viennent à vous naturellement, c'est probablement qu'ils sont issus d'une nichée qui n'est pas la vôtre. On est

presque toujours le vilain coucou d'une portée de rossignols.
Alors, avec cette fièvre particulière qui accompagne l'écriture, ainsi que tout ce qui se fait avec passion, le but ultime est, le cœur dedans, l'esprit dehors, avec une stricte lucidité, de ne jamais quitter d'un pas, d'une nageoire, la saveur particulière de l'onde primordiale qui, d'amont en aval, vous guide, électrique, vers la bouillonnante source de votre entier, pur et singulier désir.

Le groin et l'hirondelle ...

Il est parfois bien ingrat dc nc s'adresser qu'à la part divine qui est en l'Homme, car si d'un œil dubitatif il regarde ça du haut de son garrot, il ne vous répond pas ou vous fait savoir que c'est portion congrue et daigne à peine en renifler la bonne écume.
Il vaut bien mieux remplir sa mangeoire d'un brouet fait de ses turpitudes, ça il connaît, et de son groin avide il saura s'en gaver et rotant d'aise en redemandera.
Plus le monde s'enlaidit, plus il patauge

avec délectation dans la souille où tous vont se vautrer. Pourquoi donc s'épuiser ?
Les ingrédients constituant sa tambouille ordinaire se trouvent à volonté, du bon gras fait de trouille assaisonnée à quelques raclures de bidets, trognons de choux et de légumes avariés, hachis Parmentier d'épluchures de mots avec le jus saignant d'images faisandées, un seau d'horreurs, larves, cafards, punaises écrasées, un nuage d'obscur, un chouia de déprime et une bonne dose d'adrénaline. Ah... la violence ça vous requinque un mort ! La colère ça vous fait péter les veinules ! Après tu peux bien t'avachir sur ton tas de souillures. Demain y'a pas, c'est noir, c'est confiture de brouillard, c'est du rutabaga.
Moi j'en veux pas de ce pain-là et mourir m'indiffère. J'ai fait ce que je savais faire. Comme un gamin avec deux bouts de bois, un élastique, trois brins de corde, un bout de tissu et une feuille de papier, j'en ai fait un voilier, un cerf-volant, un truc qui vole et file dans le vent et qui s'en va très loin, très haut et surtout, surtout qui ne revient jamais.

Les lettres sont des manchots...

Il y a plusieurs façons d'approcher l'infini, mais il n'y en a qu'une pour en franchir le seuil.
Celui qui comme moi s'est engagé sur cette drôle de voie ne peut faire marche arrière. Pourtant l'outil que représente l'écriture a des limites que les mathématiques ou la musique, elles, ne connaissent pas. Les nombres frôlent l'impensable. Les sons, les ondes ouvrent le ciel et nous délivrent de toute pesanteur. Les lettres quant à elles sont des manchots se dandinant coincés sur d'épaisses banquises qui ne s'envoleront pas de sitôt.
Alors est-ce mes mots qu'il faut renouveler ? Une manière de les assembler ? Un rythme particulier ? Peut-être faut-il les psalmodier...
Dois-je me contenter d'images vagues ou d'une poésie un peu frelatée bien loin des grands silences que je voudrais tellement côtoyer ? Dois-je tourner en rond comme un homme vaincu évoquant par touches et mille tremblements sa mémoire passée ? Ou puis-je aller plus loin encore,

en me faisant de plus en plus discret, car les secrets sont farouchement sauvages et c'est à peine si l'on peut distinguer l'ombre d'une ombre se profilant parfois sous les eaux troubles d'un océan muet ?
Je crains que mon sujet ne passionne personne. Et quant à moi je finirai en bon vieux naufragé sur une île déserte, à moitié fou ou délirant, parlant tout haut une incompréhensible langue ne distrayant que les oiseaux.
En attendant, je dois creuser dans le blockhaus de mes pensées, en espérant un jour percer ce mur si gris et si épais pour un rayon bien mérité d'azur et d'or qui me fera filer sur un ailleurs léger où les mots ne sont rien que la buée d'une intense clarté n'ayant aucun besoin d'être nommée. Alors oui, bel et bien, c'est là que je serai.

Oublie-toi toi-même...

Ne t'habitue jamais à ta pensée fermée comme une conque, ni même, si tu en as, à tes mots, tes tics ou à tes gestes préférés. Va donc chercher tête et bras en avant, à l'aveugle ou rampant, le dernier cercle des mémoires, là où plus rien ne te permet de prendre pied.

C'est dans l'outrage que tu feras à ta propre sécurité que se dévoilera ce que tu cherchais. Prends donc le risque de te perdre en entier. Laisse-toi emporter. Ne reviens pas sur tes pas en maugréant tout bas. Tu le sais bien pourtant qu'il nous faut tout abandonner.

Oui, mais pour aller où, si on n'a plus rien à quoi se raccrocher ? Dans le seul mot « ailleurs » il y a des continents, des océans, des villes, que le voyageur le plus chevronné ne percevra jamais.

Ailleurs, ce n'est pas loin, c'est quelquefois juste à côté. Dans un regard parfois il y a comme la clef ouvrant les univers. Dans une vie qui t'accompagne, si tu es attentif, il y a l'entière humanité. C'est ce vertige là où ta raison chavire et où tu n'as plus pied qui est le signe enfin de ta seule liberté. Oublie-toi toi-même, tu connaîtras l'immensité.

Compagnons...

Doux compagnons aux yeux qui vagabondent, je ne suis jamais très loin de vous, car j'ai besoin de vos présences. J'ai toujours dans mes poches deux trois poignées de petits mots vitaminés, effervescents, faits maison, colorés, colibris, caloriques, pour les coups de fatigue, les insidieux poisons du jour ou de la nuit. C'est vrai, ça n'a l'air de rien, c'est pas grand-chose. C'est phosphorescent, ça pétille sous la langue comme un essaim d'étoiles, ça vous éclaire un cœur à coups de lamparos. Ce sont bonbons acidulés, fruités, qui fondent sous la langue... mais « placebos » martèleront les doctes, les sceptiques, les enragés du résultat... Pourtant dirions-nous qu'un sourire, un brin d'amour ou d'amitié, un regard même, ne sont pas capables de secouer toutes les somnolences ? Ignorez-les ces papes gris de la raison. Buvez donc la liqueur de ce désir constant qui fait battre vos tempes. Quant à mes mots, mes petits mots, je vous les offre, c'est poudre noire, feux de Bengale, l'étincelle câline dans l'iris d'or propre à chacun, dynamitant et chavirant les Mondes.

Cette voix familière...

Cette sourde présence qui ne nous quitte pas, c'est quoi ? Une ombre familière, l'autre qui vit en nous ? N'avons-nous pas toujours, à peine, perçu son pas, le bruissement de ses murmures ? Il n'y a que les enfants qui lui répondent en secret comme à un confident et aussi les anciens, les ivrognes, les fous, qui ne se soucient plus de ce qu'on pense d'eux. C'est quoi cette autre voix venue des grands silences qui sans arrêt nous parle, que nous n'écoutons pas ? C'est effrayant parfois. Nous lui clouons le bec d'un claquement de doigts comme on le fait avec un parasite, un absurde importun. Et pourtant n'est-ce pas elle qui revient, humble, insistante, fidèle, recouvrant tout, au chevet de nos lits durant nos veilles galactiques où, fébriles, contraints à une ultime immobilité, nous la laissons enfin nous dire ce que depuis toujours elle nous annonçait, comme une vague calme et matinale sur une fin d'été.

Mangeurs de feu...

J'aime Falstaff et Rabelais, Virginia Woolf, Orson Welles, tout autant que Quichotte et saint François, la petite Thérèse comme celle d'Avila, Terzief,
Teilhard ou la mystique Weil. L'orgie et le stylite, le dévoreur, l'ascète, l'inspiré, l'extatique. Tous sont avides de la moindre miette de grâce. Ce sont les mêmes. Tous ils ont l'exigence du vivant et la sublime tentation d'un au-delà qui sans répit les réclame, hors du poids, de la norme et du Temps.
« Les doux, les humbles, pas les tièdes… »
La démesure ou rien. Et si dans les deux cas le cœur éclate en joie de ses excès, c'est par béatitude, comme une ultime génuflexion de l'énorme et du maigre, mains tendues, face à Face avec ce que personne ne voit, qui les consume, inconcevable... et pour eux toujours là. L'absolu est un repas de roi qui ne rassasie pas. Tous les gourmets y ont droit. Qu'ils le dévorent ou le picorent du bout des doigts, affamés, insatiables, ils ne s'en lassent pas.

Pisteurs d'illusions...

Sur une plaque de marbre blanc, j'ai gravé au couteau, il y a deux ans peut-être, cette phrase : « Avec un tel acharnement pour l'inutile, j'ouvre une voie vers l'infini... » Et c'est vrai que j'ai excellé dans ce domaine immense du gratuit, du superfétatoire et des lubies. Comme un lest à offrir, un trop plein à donner. Oh, trois fois rien, la blanche écume d'une énergie ou d'une agitation qui m'habitait et que je n'utilisais que d'une manière jugée par tous extravagante.

Je n'ai fait que sillonner les rues, les places, les marchés, les routes et les champs, sûr que je finirais par débusquer, dénicher la raison justifiant mon existence. Il fallait bien trouver ma place. Rien de ce qui me fut proposé ne pouvait ni me convenir ni assouvir cette quête insensée se dérobant sans cesse. Quelle porte s'ouvrirait ? Quelle rencontre m'offrirait la réponse ? Quelle lumière m'indiquerait le sentier que je devais suivre ? Il y en eut tant, que ne sachant choisir, je les empruntais tous dans un désordre

étourdissant. Ni méthode ni réflexion. Je me laissais guider par le hasard, lui attribuant je ne sais quel pouvoir caché. Chaque fois je butais sur des murs d'améthystes me renvoyant mille reflets, mille visages contenant tous un peu de ce parfait qui ne cessait de me hanter.
Si tous les chemins mènent à Rome, les miens me conduisirent enfin aux portes d'un étroit défilé, désert, dernier passage d'éboulis et de pierres, fêlure originelle, brèche profonde dans un crâne brisé, laissant passer très haut le bleu d'un autre ciel si convoité. Et là je sus qu'il me fallait grimper. Vous avouerez qu'il n'y a pas là matière à s'extasier ni à se satisfaire d'une carrière bien remplie, ni même à profiter d'un quelconque repos après de gros efforts. Grimper vers l'intangible et dans un permanent inachevé, ça tient de la folie, d'une monomanie, d'une obsession injustifiable et peut-être à juste titre méprisée. Mais va lutter contre l'instinct d'une Beauté qui joue à cache-cache avec un éternel adolescent, cataracteux, les sourcils en broussaille et n'ayant plus toutes ses dents !

Bobby...

À tous ceux qui par moments oublient le sens sacré de chaque vie. À quoi sert d'être bien, gavé de tristes et passagères récompenses ?
À quoi sert d'être mal, tout recroquevillé, privé de toute reconnaissance ? C'est au-dessus qu'il faut aller.
Un vieux professeur il y a longtemps me le disait.« Ce que tu cherches est aussi vaste que l'univers entier. Tu ne pourras jamais te contenter. Mais il t'est simplement donné d'accueillir chaque jour la plénitude d'un instant englobant tous les autres. C'est ce point-là qu'il faut creuser. »
Il n'y avait pas plus humble que cet homme. Nous ne comprenions rien à ce qu'il nous disait. Il était doux et parlait bas. Nous chahutions, n'écoutions pas, tout en aimant ce qu'il était. Souvent le soir je le croisais dans les rues grises de mon quartier. Gabardine et chapeau, cartable noir au bout de sa main blanche, quelquefois un filet avec quelques légumes. Fine moustache, pâle sous les réverbères, tête à la Edgar Allan Poe, il

passait, nous saluant lorsqu'il nous reconnaissait, ailleurs, dans ses pensées. Comme un ange déchu, conscient de ses faiblesses, il rêvait cet ailleurs qu'il essayait de nous transmettre, sans crier, sans forcer, sans imposer quoi que ce soit. Ne restent que son ombre et quelques mots gravés dans ma mémoire.
J'ai donc « creusé ». D'abord comme un fox-terrier, un peu dans tous les sens, puis comme un mineur de fond charriant des tonnes de charbon ou un taulard cherchant à s'évader. Et enfin libéré d'une quête effrénée, je me suis contenté de gratter la fine écorce d'un ciel, juste au-dessus de moi, comme une peau fragile filtrant la vraie lumière.
Nous l'appelions « Bobby » ce professeur tout gris qui pourtant possédait la clarté. Sans doute savait-il qu'il faudrait des années avant que certains d'entre nous découvrent peut-être ce qui était caché dans la douceur feutrée, mélancolique un peu, de ses sages paroles. Je lui devais ce billet dont si j'étais prolixe j'aurais fait tout un livre. Mais est-il besoin de décrire le cèdre qui germe dans la graine ? Elle recèle déjà, à l'insu de tous, ramures,

racines, aiguilles, feuilles, fruits de l'arbre qui sera plusieurs fois centenaire. Elle contient aussi les vents et les tempêtes, les pluies et les saisons et l'histoire du Monde. Encore faut-il qu'une main blanche et anonyme glisse cette semence dans l'humus accueillant d'une terre fertile.

Plainte d'un bateleur...

Ce qui nous tue ou pire nous épuise c'est le pesant et long silence qui retombe après nos numéros, nos contorsions, acrobaties, nos clowneries. Nos chapiteaux bien vides claquent aux vents de terrains vagues sentant l'urine et le crottin, le cuir et la sueur et les roulottes de bois peint. Mais y'aura t'il demain un ange, un vrai, se balançant là-haut sur son trapèze, couvrant nos strapontins d'une buée d'aurore et d'un rire matin nous faisant oublier nos peines, nos inquiétudes et nos chagrins ?

Délicieux anonymat....

Bienheureux l'inconnu, méconnu, l'oublié, l'ignoré. Qu'il ne se plaigne surtout pas d'être mis à l'écart, d'œuvrer dans le secret. Son champ d'action est infini, rien ne l'empêche, ni ne le tient, ni ne l'oblige. Il va son train sans se soucier de qui pourrait penser quoi que ce soit de ce qu'il fait. Il rêve, danse, chante, écrit, travaille enfin. Il peint, boit, mange, s'ennuie, folâtre, reste éveillé et n'a de compte à rendre qu'à lui-même. Il n'est tenu que par l'instinct de quelque chose à accomplir qu'aucun ne peut juger. Loin des temps et des modes, de ce qu'il faut dire ou faire, rien ne peut le contraindre ni même le rabaisser.

Nous sommes si nombreux à traverser la vie dans le plus strict anonymat ! Et pourquoi faudrait-il quitter la brave joie d'être discret, passant sans autre but que d'accomplir son cycle. Trois petits tours et puis poussière.

Alors serrons bien fort celles et ceux qui nous entourent, offrons sourire et pain à ceux que nous croisons. Demain c'est nous peut-être qui tendrons notre main vers ces petits cousins qui nous ressemblent tant et qui ont renoncé ou ignoré ce qu'était l'ambition. Surtout ne pas laisser son nom trainer derrière une ombre, ne pas faire des pieds de la gueule et des mains pour afficher son côté singulier. Être ne pèse rien ou tout autant qu'une aigrette de pissenlit. Que l'on soit roi ou chef de guerre, savant ou compagnon de misère, le tout s'envole aux quatre vents vers un troublant mystère où l'agir et le faire font éclater de rire les anges du néant.

Insaisissable...

Tout moment précédant l'écriture a quelque chose d'une délectation. C'est le meilleur moment. C'est à la fois picotements de la langue et des doigts, les paupières se ferment, s'ouvrent, l'œil va chercher son bout de bois, le cerveau poulpe se contracte avant de fondre sur sa proie, l'idée seulette se balade comme une enfant à petits pas. Quelquefois ce n'est rien qu'une ombre délicate dont il faut s'approcher sur la pointe des pieds et qui s'en va dans un nuage de brume... ou c'est cavalerie, un galop de fantômes après lequel tu cours comme un valet de ferme curieux et affamé. De ces charges lointaines, de ces furieux combats, tu ne verras que des lueurs, des incendies de poudre noire, n'entendras que des cris, des chocs sourds et des voix. Et lorsqu'enfin tu arrives dans cette plaine où s'est joué le sort du Monde, tout aura disparu, il n'y aura rien que reliquats d'une épopée perdue, sang, vomi et vinasse, dont il te restera à faire tes choux-gras. C'est ça aussi écrire, c'est arriver bien après le combat. Alors on ment, on tripote, on arrange, on renifle les vents qui sont passés par là. Si l'idée est sublime on en fait un pantin. Si l'enfer est terrible on attise trois braises avec un soufflet d'avorton. Bref on est toujours trop loin quelque mot qu'on emploie. Ce sont bien les deux premières phrases du Tao : « La Voie qui peut être exprimée par la parole n'est pas la Voie éternelle. Le nom qui peut être nommé n'est pas le Nom éternel.» Cet au-delà, l'enchantement, seule la musique, la poésie peut-être, nous le rendra.

Grimaces

L'humour pour moi, le véritable humour, mais je suis un peu lourd, c'est le comique dit de répétition. Il faut dix, vingt, cent déceptions, pour, à la suivante, être pris d'un fou-rire face à ce pli amer dessinant sur nos gueules l'affaissement de toutes nos attentes. On la connaît cette grimace du : qui croyait et qui n'a pas. Le dérisoire est là, une carcasse qui s'effondre et se brouille et se fond dans l'acide mélasse d'un jour qui ne vient pas. Rire de soi comme une farce, c'est le panard et la jubilation des enfants rois.

Un coffre de santal...

Mais qu'est-ce que je vais bien pouvoir faire de tous ces mots laissés à marée basse comme fouillis de coquillages crachant sous le soleil leurs baveuses écumes ? Des colliers, des parures, des bracelets vivants ou tout un tas d'ornements funéraires ? Qui voudra bien troquer mes perles et mes nacres, mes verres érodés, mes galets et mes conques, contre paniers pleins de

fruits rouges, légumes éclatants, un sourire de sable et une joie sans fin devant la mer aux oiseaux gris ?
Je me demande bien d'où il viendra le foutu diable qui me portera ça. Des Amériques, du Kamtchatka, de Sibérie ou des Tropiques ? En tous les cas, c'est sûr, je ne m'y attendrai pas. Déboulera sans crier gare en me disant de but en blanc : « Ce que je veux, c'est ça ! » Désignera du doigt le coffre bleu passé, de santal et de cuivre, dans lequel dorment, moisissent, noirs chapelets, grappes de mots et de cauris toute ma vie choisis, patiemment ramassés et dont personne ne voulait. Jettera devant moi un sac rempli de pièces d'or.
Ce sera jour de fête mais aussi bien peut-être je m'en mordrai les doigts. Car on ne troque pas son âme contre je ne sais quels fruits rouges ou pas, légumes ou sourire de sable ou monnaie d'apparat. Quant à la joie sans fin, je l'ai déjà, elle est en moi... même si bien souvent, devenant bien aveugle, je ne vois ni la mer ni l'oiseau... je ne vois que le gris.

Braise...

À tous ceux qui comme moi éprouvent par moments un grand découragement. Je sais, c'est un poison, un poison blanc douceâtre qui fait que tout le corps s'affaisse et que l'âme s'en va. Rien n'est pire que ce sentiment d'abandon. Abandon de ses forces et du petit point Joie cousant et colorant à lui seul une journée entière. Ne plane que le blanc brumeux d'une toile cent fois ardemment travaillée dont il ne reste rien qu'un châssis maigre et nu sur un chevalet droit, noir comme une potence.
Alors reprendre encore, il n'y a que comme ça. Autour de la dernière braise, avec du petit bois, rassembler des brindilles, quelques bouts de papier tout au fond de nos poches, une poignée de mousse au pied d'un chêne mort. Refaire en y croyant, un buisson pétillant d'étincelles. Prier, pester, jurer, souffler, afin que cette fois ça ne s'éteigne pas. Rien ne résiste à ce « vouloir », crampon des muscles et du cœur, s'agrippant, scarabée, à de petites tâches. Il reprend vite le dessus, poil de la bête, nerfs et chaleur et

se déploie comme une flamme nourrie au bon bois sec de la pugnacité. Honnis soient ceux qui découragent. Bénis soient ceux qui fortifient.
Et bien souvent un simple mot, une pression de main ou l'éclat d'un regard suffisent à semer le vaste champ abandonné d'un désir-vie couvant mille jonquilles.

La voix, c'est le sang des Mots...

Bon... Que puis-je vous offrir ce matin vous procurant encore quelque plaisir à entendre ? Car, sachez-le, mais vous le savez déjà, c'est plaisir d'écrire comme si l'on parlait, se confiait à quelqu'un de proche et que l'on apprécie. C'est en tous cas l'effet que ça me fait. Mais suis-je bien sûr que vous captiez l'intonation que j'y mets ? C'est important l'intonation des voix que l'on connaît et dont on aime les détours, les rires et le phrasé. La vie, c'est la parole vraie, entrecoupée de bons silences et de la parenthèse des regards, des paupières clignant au gré des émotions et des lèvres ourlées. Pourquoi certains nous bercent et d'autres nous endorment ? Pourquoi certains nous redressent en joie ? D'autres encore nous agacent et je ne parle même pas de ceux qui nous hérissent. Combien de fois avons-nous pensé : « Celui-là, c'est dommage, sa voix ne s'accorde pas avec ce qu'il me dit. » Qui pourrait d'ailleurs nous dévoiler exactement les voix qu'avaient les poètes d'autrefois ? Étaient-elles nasillardes, tonitruantes, feutrées ? Avaient-elles un défaut, fêlées, aigües ou enrouées, un léger bégaiement ou des pics ridicules ? Claironnaient-elles monocordes ou chantaient-elles avec un vibrato sucré ? Nous n'avons, avant l'enregistrement, que mots couchés sur du papier dont le timbre est absent. Or la voix c'est le sang des mots terriblement vivants. Écrits, couchés, vautrés, entassés ou épars sur des écrans ou du papier, c'est à nous d'en faire des Lazare, de les ressusciter, leur redonnant couleurs, rythme, force et saveur. Mais encore faut-il avoir envie de les lire ces voix qui, sans interprètes lecteurs et traducteurs, dorment et veillent au fond de livres muets et froids comme cercueils dans un caveau.

Une goutte d'eau pure...

Vient toujours un moment où source se tarit. En sera-t-il de même avec ce que j'écris ? Le sinueux chemin de l'eau entre les pierres nous demeure inconnu. D'où vient-elle ? Quelle force cachée la pousse à surgir là, jour et nuit, au creux de ce calcaire ? Combien de temps encore coulera son débit ? À qui sert-elle, qui vient s'y abreuver et pourquoi ?
De la même manière, ce qui chaque jour me surprend, c'est ce qui, sans se lasser, remplit ma page de sourcier, mes godets d'assoiffé. Oh ce ne sont ni flots ni rivières, mais bien ce filet d'eau, cette échappée de mots inutiles gouttant d'une réserve qu'on appelle cerveau. Il est nourri en amont par de curieux, de terribles nuages, eux n'ayant pas de nom, transportant sous le vent des cargos blancs et noirs remplis d'images venues en trombes du Monde tout entier. Et ce sont pluies de sang et de signes, fluides, beaux ou sales, de soufre et de phosphore, qu'on traduit comme on peut quelquefois en tremblant. Et je me dis qu'il serait temps, mais c'est un rêve ou ma prière,

qu'une seule goutte d'eau pure, lave le front ridé, calculateur, des malfaisants.

Héritage...

Il n'y a noble héritage que celui qui est transmis sans avoir eu conscience de donner, ni même à qui l'on donne. C'est ainsi que tout esprit gourmand a le bon réflexe de prendre au vol tout ce qui lui est offert. Les maîtres sont partout, dans les rues, dans les champs, sous un atroce réverbère ou un micocoulier... et il n'est de passant qui ne laisse dans son sillage ce parfum âcre et doux ou violent qui est sa marque singulière, tout son enfermement, sa vie particulière. Merci à tous ces donateurs dont j'ignore le nom qui, d'un regard croisé, d'un passage froissé, m'ont légué, sans même le savoir, leur meilleur, leur parfait.

Exactitude...

Quoi que tu fasses, si tu n'es pas dedans avec l'entièreté de ton être, oublie, passe ton chemin, va plus loin. Quoi que tu fasses, qui que tu sois, tu ne dois qu'à toi même d'être ou non dans la peau et l'âme de ton choix. Tu le sais, tu le sens, rien n'est pire que d'avoir présumé de ses forces ou par confort de s'être satisfait d'un minimum d'effort. De cet ajustement, de cet accord au quart de ton, dépend, ce n'est pas rien, ta place dans le Monde. Et par répercussion, comme un écho lointain, la Terre tourne mieux, poursuit sa ronde intelligente couvant un mystérieux destin. Quoi que tu fasses, fais-le bien.

Plus avant, toujours...

Certains jours, plus forts que d'autres, nous savons sans conteste, petite voix des matins clairs, pour quoi nous sommes faits. Rien ne peut distraire, enrayer ou brouiller une idée fixe même un peu tremblotante, nous étant destinée.
Orient-Express de nos désirs les plus secrets, Indian Pacific de nos lumineuses pensées, Train des Nuages, nos vies font ainsi leur pénible et fascinant trajet. Elles

ne savent peut-être pas tout à fait où elles vont, mais accrochées, fidèles, elles accomplissent à plein et en conscience le sinueux, raide et seul chemin de fer de leur possible à la lueur falote de lanternes cuivrées. Sous pleines lunes, faisant grincer les rails rouillés par la grisaille et les brumasses de nos méchants hivers, on passe, au ralenti, tremblants de froid mais aimantés vers tout le bleu glacé, potron-minet, d'une aube, là, de l'autre côté, n'ayant jamais quitté nos rêves... tout cet Ailleurs dont on ne revient pas.

Beauté, Bonté, Béatitude...

Il est sans doute facile de se laisser aller à entrevoir le pire. Prophètes de malheur, oiseaux de mauvais augure sont légion. (Ce qui est peut-être une manière d'exorciser nos peurs profondes et au fond de se sentir diablement intéressant.) Les irréductibles optimistes sont de la même trempe. Bernanos disait : « L'optimiste est un imbécile heureux, le pessimiste un imbécile malheureux... » Cherchant la voie médiane, Giono déclare

« Ce qui importe, c'est d'être un joyeux pessimiste… » En effet la joie est un cadeau qui sauve des ulcères l'être lucide et clairvoyant.
Mais n'y aurait-il pas encore une autre voie obéissant à quelque chose de transcendant ne se soumettant ni aux faits ni au Temps ? Ne pourrait-on pas parler d'un ajustement permanent conduisant l'Homme malgré lui, y compris avec ses folies, ses erreurs, ses caprices, à plus grand que sa propre conscience ? Et pour cela ne faut-il pas opter pour le délice d'un Mystère que l'être dans sa pauvre humanité, sa courte vue, ne peut en aucun cas ni concevoir ni dévoiler ? Seuls les illuminés, foudroyés, innocents, voyants ou visités, par flashes ou irradiés, un œil déjà dans l'infini, l'autre collé à la matière, captent l'inconcevable, l'algorithme parfait : beauté, bonté, béatitude, le tout multiplié par une douce et vagabonde éternité.
Et moi qui suis bancal, écartelé entre richesse et pauvreté, doutes et foi mêlés, je claudique et me tords les pieds entre pavés criblés de sang et de crachats et un ciel pur de primitif ivre de bleu Toscan.

Songe ou combat ?

Le sentiment d'urgence nous poussant chaque jour à créer et à faire, est un moteur indispensable pour ceux et celles qui sont à la fois gladiateurs et esclaves du Temps. Si leur combat est perdu d'avance, chaque pas cependant avec leurs lourdes chaînes les conduit un peu plus loin au bout d'eux-mêmes, au bout de cette arène qui nous enferme et nous retient. L'infini, ils le sentent, derrière des portes à deux battants, les guette et les attend. C'est une joie de déchirer les ombres et les murs et de meubler le vide de son sang.
Quoi que l'on fasse, ce qui est bon, c'est l'oxygène ou ce parfum de liberté que l'on laisse dans son sillage de forcené à ceux qui ont du mal à respirer. Peu importe la forme, mots, couleurs, notes, gestes, regards ou intentions. Ce qui repousse le néant, c'est notre acharnement quotidien à vaincre l'impensable. Tout le reste est soumission qui tourne en rond dans l'asphyxie de la déréliction.
À moins d'avoir trouvé la pensée pure qui, sans rien faire et sans bouger,

déplace, démantèle et chasse les murailles de la matière et de l'esprit, pour gagner l'immensité d'un songe éveillé.

Écriture et art sacré...

Dans le vestibule ou les coulisses des ombres, les mots, les petits mots, attendent, trépignent, brûlent d'être sollicités. Là, informes, ils se frôlent, s'assemblent, se mordent, se bousculent, se griffent ou s'accouplent puis déboulent sur scène dans un désordre plus ou moins organisé. Ce qu'ils vont dire est toujours loin de la pensée. Ils sont fornicateurs d'un à peu près auquel on tient pour l'avoir engendré.
Il aurait mieux valu souvent se taire, les refouler et les laisser s'emberlificoter dans leurs tanières comme avortons mort-nés.
Une fois que l'on aura imposé silence à ce grouillant déferlement, viendra le temps du pourrissement de l'alphabet, de la décantation.
Et là, seulement là, apparaîtront dans le lointain les grandes caravanes chargées de mots nouveaux, de lettres majuscules

savamment enluminées, venues sans impatience des quatre coins du Monde apporter leur tribut à une humanité se laissant imprégner comme une page vierge, solaire et vivifiée.

La grâce...

La grâce est une offrande rêvant d'être sollicitée.
Il y a ceux et celles, rares, si rares, qu'elle ne quitte jamais... et leurs grands yeux ne cessent de s'ouvrir sur une sorte de clarté... Et il y a ceux et celles, comme moi, qui nagent entre deux eaux, en apnée, comme ils peuvent, dans un charivari d'images et de pensées pesantes, grises comme le plomb, ne sachant parfois même plus où se tient, si elle existe, la Lumière.
Alors, notre miracle à nous, les ténébreux abandonnés, petits éclairs dans nos nuits sombres, c'est de pouvoir bondir, au hasard, comme dauphins fuyant les brumes d'un océan lugubre. Et, dans ces sursauts arrachés, nos envolées, nos cabrioles, déhanchements de vertébrés, il

nous est donné d'entrevoir au crépuscule, là-bas, sous le scintillement glacé de l'étoile Polaire, le signe ensanglanté d'un rivage nouveau, intact, inexploré où, en béatitude, peut-être, nous pourrons très doucement sur sable blond, nous échouer… pour respirer enfin la gueule ouverte sur la paix.

Lièvre blanc

Si écrire ne consiste qu'à raconter plus ou moins bien je ne sais quelle histoire, les artisans ne manquent pas... et je leur laisse volontiers ce travail bien ingrat qui finira en parallélépipèdes bien rangés, boîtes numérotées, remplies de mots sans électricité, biscuits devenus rances à force d'être oubliés dans d'immenses réserves, mémoires d'une bavarde humanité.
Je leur préfère cerfs-volants de papier, poèmes illisibles servant à empaqueter berlingots et réglisses sur les marchés du monde entier, confettis envolés lors de fêtes païennes, lugubres épitaphes disparues sous les mousses du temps et ces petits billets glissés entre les pierres

des murailles sacrées. Le tout, partout, comme une vie cachée dont seuls les vents, les pluies, la terre, aiment à s'emparer.
L'illisible est mon choix, plat de roi des grands myopes, d'acharnés déchiffreurs de taches et de pattes de mouche, scolies, notes de bas de pages, rajouts, ratures, premiers jets, tous ces efforts de plumes anonymes tournant autour d'une proie fuyant comme un insaisissable lièvre blanc. Écrire, c'est toute sa vie s'approcher en secret d'une ancienne formule s'effaçant chaque fois qu'on la frôle de près. Là est mon incommunicable joie.

P*anodie...*

Je me demande bien où s'éparpilleront mes billets du matin lorsque depuis longtemps je ne serai plus là. Sans doute un rat câlin y aura fait son nid et un enfant ou deux en feront leur levain. Il y aura bien aussi quelques vieux centenaires mâchouillant leurs grumeaux qui, tout tremblants, bredouilleront trois phrases venues de leur mémoire en disant : « Ça, c'est y pas du Cadéo ? ». Tous les tiroirs de la commode la plus bête sont faits pour ça : garder sans trop savoir pourquoi un tas de choses inutiles. La branche se souvient-elle de l'oiseau ? Le piano droit se souvient-il des petits doigts tapant sur son ivoire ? Et la caresse bue par tant de chairs passées a-t-elle un nom revivifié ? L'oubli, quoi que l'on fasse, qui que l'on soit, c'est la santé d'un Monde neuf sans cesse recommencé. Et quand bien même les Hommes se seraient entretués, la panodie ou chant de Pan n'en finira jamais de monter de la Terre, racontant l'univers et tout ce qui y est né pour y mourir le lendemain. Si chaque vie est le fruit mûr d'une intention, elle est sans le savoir l'accomplissement parfait d'une éternelle vérité cherchant par tous les moyens à être prononcée afin de révéler le grand et seul Secret de l'existence.

Quelques instants...

Il y a si peu de gens à qui l'on peut confier les vieux mystères irradiés dans nos caboches câlines d'enfants délicieusement crédules... et devenus méfiants. Il y a nos mains aussi qui sont allées se renfrogner tout au fond de nos poches parce qu'elles ne savent plus lever le vent et attirer la pluie, bénir la foudre et le tonnerre et faire venir à elles les grandes vagues océanes. N'est-ce pas malheureux de devenir si maladroit, pas sûr de soi, nous qui avions autrefois tous les talents éparpillés, joyeux moineaux de la vie neuve et le génie des bois ? C'est que le Temps rabote les possibles, siphonne les envies et fait trembler nos dents. Tout nous fait peur, c'est l'hallali, la course noire des replis. À petits pas, d'une table à un lit, le mollet maigre et crâne dégarni, entre terreur et deux mélancolies, nous revient en bouquet, de plus en plus précise, l'ivresse d'un printemps sous marronniers fleuris dans un jardin l'après-midi, plein de cris d'hirondelles et du tintement clair d'une cloche pétrifiant tout le ciel. Sans doute là que tout est dit.

Le reste est illusoire et gris, un défilé, pâle copie de nos génies d'enfants solaires ayant subi l'éclipse de la vie.

Le figuier dans les ruines...

Se peut-il qu'un matin tu deviennes aussi vide que cette église perdue au milieu du maquis dont le dôme effondré laissait passer les pluies, la clarté jetée pêle-mêle des soleils, des étoiles et des lunes ? Je me souviens du grand figuier poussant en plein milieu sur un haut tertre de gravats, faisant craquer au moindre vent la chaire de vieux bois, grimpant à qui mieux mieux vers le ciel, lourd de fruits rouges éclatés comme d'énormes clous rouillés et de feuilles aussi larges et jaunes que des dragons volants. Quatre anges aux ailes fracassées gisaient sur le dallage noir et blanc tout lézardé. Ils contemplaient, brisés et extatiques, la coupole béante, ce crâne hydrocéphale trépané ouvert sur l'œil laiteux d'un dieu atteint de cécité. Levant la tête, je me souviens, je fus comme eux pris d'un vertige. Étais-je moi aussi prisonnier de ces ruines dont toutes

les issues avaient été murées ?
J'étais passé pour y entrer par un trou fait de main d'homme, trois parpaings enfoncés par un pilleur de tombe, un vagabond fuyant l'orage, un étranger venu célébrer je ne sais quelles messes noires. J'avais d'abord franchi une clôture de barbelés portant les fameux sigles macabres du danger. Et j'étais là, dans ce ventre de pierres mortes, dans tout ce vide sans un brin d'âme, d'où le sacré s'était enfui et que seules de vivantes racines nacrées rongeaient le sol comme des vers dans un cadavre de mulet.
On ne sort pas indemne d'écroulements et de vestiges. Ils se nourrissent du vivant et réclament leur part d'eau et de sang. J'y ai laissé je ne sais quoi après m'être écorché à la griffe d'un curieux saint de bois suintant d'humidité, couvert de moisissures, au regard vide et froid.
Seul un figuier, patient, sans peur, est capable de se planter là, tout en haut d'un monticule de briques et de pierres érodées. Il sucera la moindre goutte de pluie, broiera les os d'évêques, de saints, de chanoines, de sacristains et de chats enterrés à ses pieds, tordra ses branches,

s'étirera plus encore jusqu'à jaillir dehors dans un flot de lumière.
Moi, pauvre de moi, je suis sorti de là exsangue, dessalé, je ne croyais en rien, j'avais la griffe rouge de ce saint sur le front. J'étais marqué, fini, éliminé, honteux comme un mouton docile conduit aux abattoirs.

Macabre farandole...

J'en ai assez d'être envahi par mille morts qui me précèdent. Je voudrais bien pour une fois n'être que là, rien que pour moi. Assez des ombres bleues, de ce manège silencieux tournant autour de moi ! Me laisseront-ils un jour en paix ? Car non contents de me hanter, ils m'amènent toutes leurs peines, leur effarement, leurs yeux égarés et leurs regrets. Pour ceux que j'ai un peu connus ou même rencontrés, c'est pire encore. On dirait que je suis le piquet auquel ils sont attachés. Peut-être n'ont-ils pas trouvé le seul chemin qui les conduirait à la liberté : disparaître à jamais dans un oubli parfait.« In memoriam » c'est bien joli,

mais tant qu'il reste un brin de vie, un lambeau de mémoire, les âmes s'y raccrochent comme limaille sur l'aimant. Je me demande auprès de qui la pâle image de ma vie ira tourner ses litanies. Que le néant m'épargne ces lancinantes valses et qu'il épargne aussi tous ceux qui vont rester et qui n'ont nul besoin de ma funèbre compagnie.
Ah, la douce amnésie ! Requiem in Pace…

L'oubli, le bel oubli...

Pour moi, toute page une fois écrite est une page oubliée.Je serais incapable de mémoire de balancer une seule phrase issue de mon grenier. Le Verbe est libre d'aller où il veut, mais surtout qu'il s'en aille ! Qu'il nous délivre un peu du poids qui nous encombre ! Et si derrière lui il laisse pour autrui un sillage argenté, ce dont je doute chaque fois que j'écris, j'aurai gagné mes trois sous pour ma petite traversée.
Un passeur ne peut pas surcharger son bac limité et il faut, chaque jour, faire passer d'un bord à l'autre, son lot d'âmes,

de phrases impatientes, heureuses ou malheureuses, épuisées, belles ou négligées, borgnes, bancales ou droites comme un hussard vêtu de neuf, venant chacune on ne sait d'où, allant... on ne sait pas... Et on n'en finit pas de contempler l'écume, les tourbillons et le tohu-bohu des eaux qui glissent sous les rondins de bois écorcés liés entre eux.

Écrire, c'est oublier sur l'heure les mots qu'on vient à peine de laisser sur des berges de sable.

Je cède la mémoire aux bateleurs de foire, aux histrions, aux rumineurs de citations, aux ressasseurs soucieux de leur image, aux bavards immobiles émaillant leur discours d'un par cœur valorisant leurs dires. (Attention, ce n'est pas du mépris, je les envie, mais ce n'est pas ma faute si je suis né léger et oublieux.)

De mon côté, je continue à godiller, traversant comme je peux chaque fois cette folle rivière qui éclabousse mon ciré et menace à tout moment de me faire chavirer. Et j'ai aussi parfois l'ivresse d'un novice qui, c'est vrai, se laisse emporter par le roulis, l'œil hypnotique des remous, le goût sucré d'une splendeur

debout à mes côtés dont je n'ai pourtant fait que frôler la tiède chevelure, mais qui longtemps, longtemps hantera toutes mes traversées.
Cette mémoire-là, je l'ai, elle ne m'aura jamais quitté.

Écrire...

Vous ne pouvez savoir comme il est bon, sans qu'on sache comment ni pourquoi, de voir arriver sous nos doigts les frêles silhouettes de mots comme aux abois. C'est une fourmilière, ça grouille, ça couraille, ça s'assemble, ça a du sens parfois. On se demande même où ça va. Tu te laisses emporter par ce flot de bestioles dégueulant de ta boîte crânienne comme un trop-plein venu d'en haut. Tout d'un coup ça s'arrête. Nez en l'air tu attends que ça revienne au trot. Parce que là, quand ça bouge et fermente, tu te sens doublement vivre et dehors et dedans. Être habité ce n'est pas rien. Écrire, c'est comme un cœur de cire qui deviendrait un cœur de sang.

L'imprévisible troupeau...

Il m'a fallu longtemps pour comprendre où j'allais avec ce troupeau demi-sauvage de mots à cornes sans grelots, de bêtes ruminantes aux longs poils torsadés, pouvant d'un coup de tête t'envoyer au zénith comme te piétiner dans un furieux galop. Ce sont de bons et braves animaux mais qu'il vaut mieux ne pas se mettre à dos. J'y ai glissé, dans ce troupeau, des bouquetins, chèvres sauvages, chamois, lamas, une poignée de daims, des bisons, un couple de mammouths tirés vivants des glaces éternelles. C'est ma horde. Ils ne me quittent pas, me suivent, je suis le pâtre de cet universel cheptel de roi. Mais en réalité, ce sont eux qui me conduisent d'un pâturage l'autre, passant entre deux cols, franchissant des sommets tout recouverts de neige. Et lorsqu'enfin, nous nous posons sur un plateau très haut qu'heureusement l'Homme ne connaît pas, je vais de l'un à l'autre avec ma douce voix, ce je ne sais quoi au bout des doigts qui calme et passe le velours bleu de la confiance. Et j'aide à mettre bas, je recouds des blessures,

flattant la corne de l'auroch, taillant les onglons, retirant les épines, peignant, frottant, brossant, étrillant les toisons, jouant avec les nouveau-nés et j'ai ma part de lait, de laine d'Alpaga. C'est mon troupeau de mots.
Et la nuit, lorsqu'il fait vraiment froid, emmitouflé dans mon nid de fourrure, je les vois tous danser, du Capricorne au Bélier, de la Petite à la Grande Ourse, autour d'un feu de joie crépitant de brindilles. Ce sont mille nouveaux, chiens, chevaux, renards, loups, dragons, chimères, vivants, lucides, riches, s'entremêlant et soufflant, ruminant d'étonnantes histoires dont au matin, bien triste, je ne me souviens pas.

Mikadéo...
ou le terrible jeu de nos incertitudes...

Les errants immobiles sont veilleurs consciencieux du calice des Mots. À peine osent-ils s'approcher et humecter leurs lèvres de ce breuvage transparent... Moins ils s'agitent, plus ils savent. Plus ils savent, plus tout leur échappe. Plus tout leur échappe, plus ils se sentent légers. Car au fond rien, je dis bien « rien », ne leur appartient.

À quoi bon d'ailleurs s'agiter si le Monde dépose chaque matin aux portes de ton esprit un ruisseau de prières et un fleuve de boue ? Comment fais-tu le tri ? Dans quoi vas-tu nager ? Entendons-nous bien, les Mots ne sont pas là pour calfeutrer nos manques ni pour nous laisser croire que ce que nous disons est pure vérité. Ils sont des formes réfléchies capables en leur insoluble mystère de renverser l'ordre établi et d'incendier la Terre, comme ils peuvent influer sur les mauvaises trajectoires et remettre d'aplomb la tête la plus folle. Tout du moins je le pense, un jour sur deux, c'est vrai. Car si les mots sont aussi vides et dénués de sens que nos actes, il ne nous reste plus qu'à disparaître dans le courant glacé des illusoires et éphémères vanités.

Reprenons. Les errants immobiles sont veilleurs consciencieux du calice des Mots... Pas facile d'y croire en ces temps menaçants où rôde le désastre. À quoi sert un gardien d'un phare abandonné ne délivrant plus une once de lumière aux navires perdus sur des mers démontées ? Tu peux feindre de tout ignorer, idiot, inconsistant, soudé à ta méthode rose, ta quotidienne gymnastique de l'heureux bien portant, ou sans cesse t'en remettre aux forces invisibles qui ne le sont peut-être que parce que tout simplement elles n'existent pas... ou tu peux affronter, regarder bien en face un destin chavirant de grand chevalier noir sans l'ombre d'une attente.

Alors quoi ? Que tu sois Zavatta ou Nietzsche ou bien Bouddha, tu auras beau gesticuler, t'époumoner, faire sonner ton rire creux sur la piste sableuse de ta vie ridicule, plonger corps et biens dans la noirceur d'un Monde finissant d'où les dieux sont absents ou t'enrober d'une paix extatique comme une ampoule de vingt watts sous l'abat-jour de ta sagesse au milieu du néant, rien n'y fera, tu finiras cul par-dessus tête dans le grand dépotoir désespérant et galactique d'un non-sens en brassage constant.

Voyez-vous ce que j'aime, c'est l'incertain, entre vide et minuit. Et l'errant immobile que je suis n'aime qu'un jeu auquel je m'associe : le Mikadéo. Au moindre mouvement incontrôlé, une humeur, une brise, un changement de temps, le souffle d'une voix, tout s'écroule et la partie s'achève dans un bruit de bois sec avalé par le vide. Il peut tout avaler, viande hachée ou mantras, cailloux et voies lactées, innocence ou vertu, pois chiches ou galaxies, toutes formes de vie, sans but et sans profit. Toi tu pourras simplement dire, droit, sans attente et sans regret, à qui voudra l'entendre : Vivre, je l'ai fait…sans bouger… et de mille manières.

De chaumières en palais...

Je vis de peu, de trois fois rien. D'un petit texte extrait chaque matin d'un nid de source offrant à mes deux mains une eau venue de loin. Ensuite je déambule d'une pensée à l'autre avec des airs gais ou chagrins comme on le fait dans une demeure immense où, d'un boudoir à un salon, on va d'un pas précipité longeant hautes fenêtres donnant sur un parc planté de cèdres du Liban. Un brin d'humour aux entournures pour calfater mes avaries, cafarderies et autres amères réflexions tournant en rond, mes humeurs de midi. Rires, grimaces et sourires dans miroirs au mercure au tain usé faisant de sales taches à inlassablement interpréter. J'aime parler tout haut sous les peintures à Tiepolo tandis que craquent sous mes pieds des planchers d'acacia, leurs croix noires de Malte. Puis je pars en courant pour glisser sur les damiers glacés, carrés de marbre noir et blanc des salons dorés et argentés aux murs tapissés de soie verte.Jusqu'à ma chambre au plafond étoilé où dans un lit démesuré je m'effondre sur le velours d'édredons très épais entouré de trois lévriers irlandais.

C'est mon luxe, rêver. Ainsi du wagon tout en long juste au-dessus de la forêt qui me sert de gîte, de nid ou de terrier, à loisir j'en fais une tour, un bunker, un palais. Le sublime fantôme d'un bâtard tout pelé ne me lâchant pas d'une semelle devient molosse au poil épais et mes récits souvent bien plats finissent en épopées. L'imaginaire c'est le luxe des apprentis sorciers. Ils abolissent le réel, le plient, le ploient, l'étendent, en font ce qui leur plaît. Et ça, personne au grand jamais ne peut leur enlever. Vous me direz : ils n'ont fait que rêver...et je vous répondrai : Et vous, qu'avez-vous fait ?

Confidence...

Lorsque j'avais quinze ans j'écrivais pour ma mère. Je voulais lui prouver que j'avais du talent. C'est avec elle que je compris que les mots avaient valeur d'enchantement. Je découvris aussi la belle dérision et rien ne me plaisait tant que de la faire rire, devant ce lit où, si souvent, je la voyais couchée, en lui contant mille anecdotes que j'embellissais à loisir avec des gestes, des mimiques, des accents, tout un théâtre qui la mettait en joie. La vie c'était donc ça... Savoir tourner en dérision pour le plaisir des autres nos travers, nos revers, nos tics et nos manies, nos airs sérieux et compassés, nos chutes, nos glissades, nos maladresses de pantins sur le terrain huileux des apparences. Ma mère avait le sens inné du ridicule. Innocente et légère jusqu'à son dernier lit, je la vis toujours prête à s'en aller d'ici.

« E finita la Commedia... Allez Alain, fais-moi rire... Tout le reste m'ennuie."

Limpidité...

Je n'attends rien de mes écrits. Ils sont comme une voie, un sentier vide et paisible que chaque jour je pave, dont je tente d'éliminer les scories afin que quelques-uns puissent après moi le suivre sans s'écorcher les pieds.

La musique, enfin le vibratoire, c'est tout ce que les dieux ont laissé aux Hommes afin qu'ils se souviennent d'eux.
Les mots, qui sont des notes égarées, orphelins, bâtards et va-nu-pieds, ont été ramassés, recueillis aux quatre coins de nos clairières, de nos forêts, plongés au feu, fondus, battus, chargés, forgés, pour retrouver le Verbe-mère dont tous ils sont issus.
À un quart de ton près, à trop bavardouiller, bavasser, jacasser, on perd l'essence même du langage. Si tu veux revenir au son des origines, cherche la limpidité qui est en réalité l'insoutenable

accord brisant les vitres et les cloisons de l'ennui, de l'acquis, autrement dit... des laves refroidies. Approche-toi du vibrato terrible, du cœur battant des mille soleils primordiaux, du rythme incandescent ayant ensorcelé la Vie. Tout le reste n'est que jeux de l'esprit.

Sans but et pétillant...

J'aurais aimé chaque matin être emporté par un torrent de mots chevaux-vapeur. Rien n'est meilleur que d'être un grand passage de nuages pleins de couleurs. Ne pas tout à fait savoir ce que l'on dit, ignorer où l'on va, marcher au flair, au gré des vents et des courants, passer sans rien laisser qu'un œil rempli de teintes fauves mélangées au hasard, est une joie légère, une euphorie à quoi rien ne se peut comparer.
Je n'aime pas ce qui est construit, ce qui se fige pour durer. D'ailleurs à trop réfléchir je deviens lourd et gris. Et je laisse le gris aux esprits bétonnés. Je suis la brosse et le pinceau entre les mains d'un peintre primitif secoué de visions, un barbouilleur tout d'intuitions avec des gestes

incontrôlés. Je ne veux pas être le pion, le garde-chiourme, le maton, le cerbère de mots et de neurones rêvant de liberté. Je les laisse courir, mûrir et éclater comme bon il leur semble. Ils sont le pétillant, le vif et le sacré. Et tant que je serai récolteur de leurs braises, j'aurai tout le bonheur des improvisations.

Devant...

C'est fou comme je me moque de ce que j'ai écrit. Hier, déjà, c'est parti dans le broyeur du Temps. Non, ce qui compte, c'est le fruit d'aujourd'hui, là, tout neuf, en action, comme un animal en train de naître. D'ailleurs à ce propos, j'ai toujours dit que je n'avais pas de mémoire. Si je rate quelque chose, que je subis un mauvais coup, que rien n'arrive à point nommé, que l'amitié n'est pas au rendez-vous, je passe assez vite, comme on secoue des miettes après un drôle de repas. Oui je m'en vais, c'est vrai un peu tout chamboulé, mais sans me retourner. C'est une chance d'oublier. Si j'avais dû croupir dans tous les arriérés, les impayés, les sans retours, sournoiseries, déconvenues, dédain, coulisses, désillusions, j'aurais coulé comme un cargo rouillé. J'ai tenu bon. J'ai refusé de me voûter.

Pour revenir à l'écriture, c'est ce que je suis en train de faire qui compte, me porte, m'importe et me transporte. Après, c'est du passé. Autrement dit le mouvement qui met en branle la noria de l'esprit est beaucoup plus important que l'eau qu'elle récolte. Le résultat ne compte pas, il est toujours aléatoire, dépend de mille choses ne m'appartenant pas. Tant que j'aurai une poignée de braises devant moi, promis, je ne m'éteindrai pas.

Le Rustineur...

Je ne veux pas du titre d'écrivain, ni même de poète. Impostures. À peine un rustineur sur de vieux pneus de bicyclette. Ou plus joli peut-être, petite main s'acharnant à rapiécer les coutures du Monde. C'est que je ne sais plus où donner de la tête. Lorsque je couds un mètre, c'est tout un pan un peu plus loin qui se déchire. Les mots gentils, belles images, le taffetas des bons ragots, les bouche-trous de nos ennuis, le ciment prompt des complaisances, la provisoire étoupe colmatant nos histoires, même la glu, c'est comme on dit : « emplâtres sur une jambe de bois ». Fallait-il être assez bête ou prétentieux pour imaginer que nos plus pures intentions étaient la moelle et l'oxygène de la Terre ! Et j'en suis là, tout désœuvré, le cœur en berne, me demandant ce que j'ai fait avec mes mille aiguilles à tricoter, la laine noire de mon encre et mes pauvres idées, rafistoleur bien inutile de cette énorme montgolfière à moitié dégonflée qui se pâme et s'étiole sous des lunes livides au beau milieu d'un univers glacé. Quant à réinventer l'Esprit, il n'est pas né celui qui du Verbe engendrera neuve Matière sans scories.

Plantes inattendues...

Vraiment je ne sais plus pourquoi j'écris. J'avais plus jeune, comme tout un chacun, de miroitantes vues sur les mauves collines là-bas, aube aimantée, promesse de reconnaissance. Pulsion de vie sans doute. C'est fou comme un projet anime, vous tire et met en mouvement l'esprit. Mais passé ce temps-là, après nos « illusions perdues », demeure une curieuse rage qui fait que l'on poursuit, tant pis en pure perte, son labeur cistercien. Et tu le bêches ton jardin, tu le sarcles, tu en élimines tous les petits cailloux. On y verra : sillon de choux, de petits pois, navets, carottes et astragale, sans oublier la mandragore, entre les quatre murs, le clos de ton destin.

Et puis il arrive parfois, ayant comme oublié toute idée de profit, de but et de mièvres sourires, ne contrôlant plus rien, que tu t'abandonnes absolument entre les mains de mère révélation. C'est alors, tu la vois, sauvage, au milieu de tes cultures acharnées, méthodiques, qu'une plante étrange, mi-carnivore, mi-céleste, grimpe seule bien au-dessus de ton potager. Elle a même des fleurs qui chantent à tue-tête, que tu ne connais pas. Ce sont ces mélodies que tu nourris, que tu cajoles et à qui tu réserves le bon engrais de ta confiance.

Ce que tu as et que tu gagnes à la sueur

aigre de ta seule ambition fera toujours une soupe potable pour tous les moinillons. Mais ce qui pousse à ton insu et dont tu ne sais ni la provenance ni le nom, sera régal de rois... et tu resteras coi lorsqu'on te demandera d'où vient enfin ce mets au goût particulier.

Oseras-tu dire : "Ce n'est pas moi, c'est venu comme ça, au milieu du jardin. J'appelle ça... la grâce, d'autres l'inspiration. Cadeau des dieux, c'est le meilleur. Ça vient des cieux, mais sur mon coin de terre. Je ne sais pas pourquoi. Moi je n'ai fait que l'arroser, cueillir ses fruits et remercier. Soyez heureux, mangez en paix et sachez-le, doux privilège, vous êtes peu à l'apprécier."

Poignée d'années...

Allez courage les petits, les silhouettes d'ombre, les en-dehors de tout, sauvages à moitié, jamais au garde-à-vous, se faufilant comme ils le peuvent entre les mailles, les frontières, les directives des puissants. Ce sont ces poissons-là qui gagneront les sources où brillent des cailloux, rouges comme le sang des nouveau-nés. Ailleurs et autrement, poignée d'années, ces poissons-là seront baleines dont les chants seront joie d'une Terre enfin absolument réconciliée. Car il importe que nous allions, calmes et reposés, vers la promesse d'un Parfait qui depuis si longtemps attend notre arrivée.

Le terrible inconfort...

Ce que j'écris me devance toujours d'une bonne coudée. Moi, derrière, je peine... et si je me relis le lendemain après des nuits troublées je ne reconnais pas celui que j'étais hier filant plein vent sur la crête du Verbe.

Il me serait presque impossible d'appliquer ce que « l'autre » m'enseigne avec ses mots tambour battant. L'aigle du jour devient moineau. Sommes-nous deux à partager les mêmes rêves ? L'un s'en nourrit et va voler très haut, l'autre s'épuise et bat de l'aile. C'est terrifiant ces changements de cinq milles à zéro. Et moi, entre les deux, j'ai le cœur qui claudique. Je ferais mieux, restant à terre, de me résoudre à n'être qu'un bon gros vermisseau.

Misère d'un bien loti...

C'est qu'il faut être riche pour écrire à l'envi. N'avoir souci de rien, être une coupe vide qui recevra son vin.Faut rien couper avec de l'eau, laisser aux autres les grumeaux, les noyaux et la lie. Rester souple, léger, peut-être même indifférent, que rien ne vienne entraver ton libre accès aux bonnes tables du sacré et du Temps délicieusement nonchalant.
On se demandera ce que tu fais de tes journées. Tu t'en fous mon biquet. Tu n'es livré qu'aux vents secrets, tu bâilles aux anges et tu perds pied, tu baragouines avec l'éternité. Tu ne sais plus où est l'endroit et tu gamberges nez en l'air, tête à l'envers, jambes croisées, comme un poussah sur son velours. Un pot-au-feu et trois cafés ça te suffit pour exister. Et si on te reproche de ne penser qu'à toi dans ta bulle tantrique tu répondras : « moi, toi, nous, c'est pareil, je n'écris que pour vous... C'est du vent ? Je m'en fous.

Laissez-moi récolter, en pure perte s'il le faut, tout ce qui vient d'en haut et qui me tombe là, comme un flot de perdreaux et puis qui disparaît dès qu'un souci se pointe.»

Bien sûr c'est inutile. Les mots ça pèse rien. Pas une thune, pas un kopeck, pas un denier ni même un sol. Ça s'en va aussi sec dans les brouillards des amnésies. Alors on te dira : « C'est pas vrai ! Quelquefois une phrase suffit à te remettre en vie… » Ouais... fais-lui un bon gros chèque, même écrit tout petit, tu pourras contempler son sourire mielleux au défaillant chronique. File- lui tes écrits, toi tu penses : c'est bon repas pour mal nourris, et tu verras sa tête, fondre, s'allonger comme vieille bougie, une figue pourrie.

Morale de l'histoire : Écris tant que tu veux, c'est luxe de rupin, mais ne fais pas la quête ou ne tend pas la main, on te dira : « Comment ! Avec tous ces trésors qui dorment dans ton crâne, tu voudrais en plus pouvoir payer tes dettes et t'offrir un voyage aux Canaries ! Mais mon poulet, qui veut du grain se retrousse les manches et va au taf en sifflotant.» C'est vrai que moi je me nourris d'un rien. Je suis Crésus et cousu d'or. Je vois passer des ortolans, crèmes mirages, nuages chantilly, cascades de lait fraise, fruits tropicaux sur des tapis, truites pochées et saumonées remplies d'œufs frais en courants d'air et je ne bois que du Chablis dans tout l'oubli de mon désert. Tout dans la tête et rien au corps. L'illusion est mon fort. Mais comme disait mon vieil oncle, droit comme un i, prince mal né de Mexico avec lorgnons, moustache, bottes, pantalons de cheval, gants beurre s'il vous plaît, vivant dans des demeures à moitié écroulées : « Il vaut toujours mieux faire envie que pitié… »

Silencieuses ascensions...

Il est à noter que de Socrate à Einstein, ce sont les mêmes images tirées de la rêverie et de la simple observation de phénomènes naturels, qui généreront les idées, les concepts les plus justes s'appliquant à la notion d'un univers à la fois fou et terriblement structuré.
Sous les mots, la poussière. Mais il suffit

d'un rai de lumière et d'un regard pour voir danser tout ça. Rien n'est plus beau pour un rêveur que ces milliers de particules montant et descendant, se croisant sans trop se bousculer, dans un silence épais. Cosmogonie des illettrés, page vivante ou partition, les mots parfois ont cette douce mobilité, apesanteur nous révélant par le biais d'un seul rayon solaire toute la Création, la course et l'ascension de poudres d'or aux sinueux trajets vers une Source à l'imaginaire illimité.

Aux extasiés...

Ce qu'on peut affirmer, c'est que l'état de grâce poétique est l'expression la moins considérée. Sans doute aussi parce que cette même « grâce », qui pour beaucoup est une anomalie des plus farfelue, a la pudeur de ne rien dévoiler, de ne pas se montrer, d'éviter le ramdam des egos affamés. C'est ainsi que Diogène(s), poètes, saints, doux illuminés, dans le tonneau de leurs pensées, rêvassent au soleil avec leurs chiens couchés et calmes à leurs pieds. Les yeux mi-clos, ils ne confondent jamais l'éclat du bronze, des cuirasses dorées, fussent-elles celles d'un Alexandre, avec la belle lumière du jour les baignant tout entier. Ils ont par contre le toupet de troquer la bonne vieille réalité contre des songes éveillés. Nul ne tente d'ailleurs de trop les approcher. Leur nudité mentale dérange, c'est dangereux de s'évader. Personne ne comprend un traître mot de leurs étranges babillages. Car enfin, écoutez-les, on dirait bien qu'ils parlent aux anges, à des fantômes, aux arbres ou aux oiseaux. Leur tournant le dos, certains passants tentent quand même de percevoir un mot. Mais ça n'a aucun sens. C'est fait pour les poivrots, les allumés, les dingues ou tous ceux qui ont les nerfs à fleur de peau. Ça pèse pas dans la balance, ça sert à rien les états d'âme des nigauds ou de bien pauvres écorchés.La poésie c'est un nuage, une illusion, trois gouttes d'eau à peine sur l'acier des lourdauds. Dieu n'est-il pas lui-même bien mauvais poète puisque son Paradis est devenu un marigot.

Son originel...

Le sentez-vous cet au-delà qui plane autour de vos silences ? C'est qu'il s'agit d'être terriblement attentif, à peine un peu lever la tête, les yeux mi-clos... et il est là, vivant, dans sa ronronnante rondeur. Il a un son, une épaisseur presque palpable. C'est une basse sourde enveloppant le cœur.
Il est des lieux c'est vrai où on le perçoit mieux. Je ne sais pas si c'est la pierre, la position, le résidu d'anciens vécus plus ou moins forts imprégnés dans les murs… Ce que je sais c'est qu'il y a des points privilégiés comme de formidables cyclotrons où il tournoie à plein régime avec sa horde de mystères. Celui ou celle qui l'entend brise le Temps, se régénère et se nourrit d'une atomique gravité qui le conduit aux portes des lumières. J'ai simplement remarqué que cette onde particulière se manifestait plus fortement en temps de pleine lune. J'en ai déduit en vieux sorcier qu'il s'agissait de la moelle épinière des univers bien alignés, à moins que ce ne soit le spectre du son, du chant originel.

Et à qui voulez-vous que je confie ce charabia ? On s'esclafferait en disant que je suis fou, pire, que j'ai des acouphènes, un curieux mal des profondeurs. Dans tous les cas vaut mieux se taire et garder ça au chaud dans le secret des phalanstères, des amis confidents et des tribus d'antan cachant un éternel savoir dans les cavernes et les matrices de la Terre.

Nouvelles Confidences...

En écriture, comme en tout, à vous je peux le confesser, je n'ai jamais aimé, tant pis si je rabâche, que l'improvisation, légère, telle une plume entre les doigts. À peine un canevas, trois-quatre mots du genre « il était une fois... » C'est parti, ça s'envole, sans heurts, sans inquiétude, comme lié ou jumelé à une voix venant d'ailleurs, déroulant une histoire dont celui qui raconte ignore ce qui suit. Non, ni plan, ni programme, ni corrections, ni ratiocinations, pas de brouillons, ni bégaiements ni ratures, ni casse-tête, ni trucages, ni malfaçon, pas d'huile aux entournures, aucun soupir grandiloquent, pas de manières, aucune chute calculée, mais un bon grand laisser-aller ou une immense foi sous le feu protecteur et le crépitement des illuminations. Tout le reste, métré, parfois millimétré, réfléchi, pue à plein nez le studieux faisandé. Trop beau pour être vrai. Et ça, quoi que je vivais, je n'en voulais pas. Je ne sais d'ailleurs toujours pas comment on fait.

J'ai rien prévu, rien calculé, j'ai avancé, petit bonheur la chance, ignorant le progrès, poussé au cul par le bon vent des inspirés. Je ne voulais que le souffle poivré, mentholé des pulsions, tourbillons des idées, la transe un peu des messagers marchant tête en avant sur des sentiers qu'aucune carte ne dessine. Je croyais aux miracles, à la nécessité d'aller vers tel ou tel lieu qui m'attirait, de bousculer la forme en croyant que mon rêve éveillé était plus fort que la réalité. Toutes mes rencontres furent ainsi des coups de tête, des coups de cœur dont j'aimais les parfums, les regards et les rires. J'ai forcé le destin sans jamais me soucier de ce qui en découlerait. J'ai porté mes erreurs comme un vaillant troupier ignorant que la boue des hivers alourdit son barda.

Oui, j'ai improvisé ou j'ai suivi mes intuitions, au jour le jour, comme une immense fresque en pointillé dont je pensais qu'il suffisait de suivre le tracé avec une aveugle confiance. Ma vie c'est un Turner ou un Soutine, ça dépend. En tous les cas, quoi qu'il en soit, c'est rempli de trombes de couleurs, de sommets et de gouffres, à flanquer la nausée à un rigoureux et méthodique planificateur.

Quant au fameux coup de pouce du destin, point trop n'en faut. On m'a juste accordé le pain du quotidien et c'est déjà bien beau vu que je n'eus jamais un gramme d'ambition.Et ce que je voudrais pour terminer ma drôle d'existence, c'est me laisser porter sur l'ultime radeau, sans avoir à ramer, dans le simple courant du fleuve des délicieux et surprenants imprévoyants qui font leur vie en dents de scie et passent sans se briser sur les fronts bas de la bêtise et de la fixité.

L'humain est le terreau d'un absolu...

L'Humain n'est ni poussière, ni cendres, ni misère. Ce rien, ce moins que rien, perdu dans l'univers, souvent dépeint à juste titre comme un pouilleux épris de gloire, bien vaniteux, jouant à la marelle, d'un mémento mori à une tombe, d'un palais à la rue, allant tout guilleret du berceau à sa nuit, regorge certes de défauts mais est aussi capable, en dépit de son insignifiante condition, (n'oublions pas qu'il est noyé dans l'infini) d'une grandeur solaire à faire pâlir d'envie les astres les plus fous.
On a beau dire et faire, ne voir en lui que dérisoire et cruauté, le réduire sans cesse à néant, il est pourtant le seul fumier depuis qu'il peuple la Terre, dans lequel germent sans fin les rêves et un imaginaire illimité et où même les dieux et les plus grands mystères ont pu prendre racine et devenir chefs-d'œuvre, un théorème presque parfait.

Mon amie Providence...

Je n'ai jamais fait le moindre compte. Ni plans, ni calculs, ni prévisions, ni protections, aucuns filets, pas de coulisses, ni coffres ni retraites ni maison fortifiée. Droit devant, tête haute, quoi qu'il arrive : avancer. Telle fut ma bannière, « le Ciel y pourvoira » en lettres d'or brodées.
J'ai tellement aimé la Providence que de m'en remettre entièrement et en toute confiance à ses parcours surprenants m'a toujours enchanté. Jamais je n'ai troqué cet abandon insensé contre je ne sais quel programme de boutiquier. Le : « on verra bien de quoi demain sera fait » l'emportait avec joie et curiosité sur la prudence et le côté madré. Je ne me demande même pas si j'ai bien fait ou si j'aurais pu agir autrement.
J'y suis allé, à la vie je veux dire, avec la foi du charbonnier et n'ai aucun regret. De la même manière, à la mort j'aimerais pouvoir aller et me confier à elle tout entier comme un départ vers le néant ou d'autres terres inconnues.
Se laisser emporter, les yeux fermés, dans les ténèbres et l'oubli sur le radeau des

grands muets, sans savoir où l'on va, sera belle aventure sans retour ni projets et même pas de balluchon, à peine peut-être un oreiller que j'aurais imprégné de ma sueur et de mes derniers rêves agités.

Passagers clandestins...

Pourquoi ne pas parler de ces petits billets pliés en quatre au creux de nos pensées ? C'est le secret de vies croisées, à peine dévoilées, marchant dans l'ombre, tout à côté de nos routes tracées, sur un chemin de sable où leurs douces empreintes ne s'effacent jamais. Je pense à vous mes chères âmes, vous que j'ai sans doute mal aimées avec la négligence, l'étourderie de ceux s'imaginant avoir l'éternité. Vous, dont j'ignorais tout de ce qui me hanterait, me poursuivrait comme un monde entrevu à peine visité. La grâce persistante et solaire de cet inachevé comble pourtant mon existence. Vous êtes les "peut-être" d'une autre vie qui patiemment attend de naître, mais dans un temps qui est là-bas.et de l'autre côté.

Pour trouver il faut tout oublier...

Quoi que j'en pense, quoi qu'on me dise, je sais que je finirai par passer. « Mais où, comment, de quoi tu parles ? »
Je parle de mon travail permanent, frontal, buté, marteau-piqueur, perceur de coffres et de mystères, cherchant la brèche dans l'azur, mais qui jusque-là n'a pas donné grand-chose. À peine ai-je écorché les nuages ridés plissant le front du ciel.
C'est idiot et je crois l'avoir déjà raconté. Mais il me semble que c'est le meilleur exemple que je puisse proposer pour illustrer mes dires. J'étais enfant et, bien sûr, je cherchais un trésor. J'étais hanté par le veau d'or et je bredouillais comme un damné à qui voulait l'entendre, que j'allais dénicher les diamants de Golconde. Passant devant le mur épais, friable, d'une vieille grange, je remarquai pour la première fois une pierre triangulaire dont la couleur rouge et noire tranchait sur la blancheur du reste de l'édifice bâti avec des blocs taillés de tendre et doux calcaire bourré de petits fossiles. Armé d'un burin et d'un marteau, mes seuls outils d'aventurier, je décidai que c'était elle

qu'il me fallait déloger, car, j'en étais sûr, elle cachait un secret. Me voilà donc tapant d'abord comme un forcené sur ce triangle de basalte, puis, plus finement, le détourai, de manière à le libérer de ses joints de chaux.

Je ne me souviens pas du temps qu'il me fallut pour voir bouger cet étrange vestige de lave plein de cupules et de vides orbites. Et ma surprise fut immense lorsque, suant et exalté, le poussant de mes deux mains, je le vis s'enfoncer puis revenir à sa place comme mû par un ressort. Qui n'a pas éprouvé ce sentiment intense face à un mécanisme secret lui ouvrant la porte d'un monde enfoui retrouvant la lumière, ne sait pas ce que signifie l'expression "cœur battant à tout rompre". Mais là, rien ne s'ouvrit. Rien qu'un vieux bruit de grincement métallique chaque fois que j'enfonçais cette pierre maudite. Il me fallut beaucoup de temps avant d'avoir l'idée de rentrer dans la pénombre au lourd parfum de foin de cette ancienne étable. Et là, évidence et cruelle déception, un vieux cercle rouillé de tonneau faisait office involontaire de ressort à ce pauvre pavé perdant d'un coup tout son mystère. Tout à mon dépit, rageur, je le lançai dans les buissons.

Passant par là, quelques années après, je vis que tout l'édifice s'était effondré. En étais-je la cause ? Avais-je retiré la clef de voûte de ce mur centenaire ? J'eus beau tenter de la dénicher, m'égratignant et me coupant dans un massif d'herbes de pampa envahi d'aubépines et de ronces, je ne pus mettre la main sur ce petit rocher. C'était peut-être lui le trésor à garder. Il devait bien s'agir d'un débris de météore qu'un paysan avait eu envie de placer là comme un morceau de ciel qui le protégerait lui, sa famille et son bétail et qui sait, donnerait peut-être à son vin le goût particulier d'une planète morte il y a plusieurs millions d'années.

Comme quoi, en étant trop frontal et décidé avec une seule idée bornée, fantasque dans la tête, sûr que l'on va trouver le miracle caché, on ne fera jamais qu'enfoncer des portes entrouvertes et voir nos rêves s'envoler.

Pour « passer », comme plus haut je le formule, et quoi qu'on ait pu nous inculquer, volonté, ardeur, rêves, endurance, flair et l'arsenal de tout pilleur, il vaut mieux de toute idée préconçue se défaire, oublier, être neuf, observer sans attente et se laisser glisser au fil d'une intuition légère, sans aucuns préjugés. À trop résister et se battre, mû par l'impatience, guidé par sa fébrilité, taper, creuser comme un bagnard, obnubilé par une image toute faite, tout s'évapore et disparaît et on ne voit plus, on ne discerne plus ce qu'on avait pourtant là, en évidence, sous le nez : un morceau de planète nous étant destiné qui n'était là que pour nous aimanter, nous irradier de ses voyages, ténèbres et lumières, au cœur de l'univers.

Joie mystérieuse...

Je ne sais pas comment nommer la densité émotionnelle qui, comme ça, sans prévenir et sans raison particulière, nous envahit parfois. Pourtant, pas de promesse à l'horizon, pas de projet particulier, les mêmes éternelles et pesantes questions et nos placards toujours aussi encombrés de poisse et de guignon. C'est un mystère cette joie qui du sol au plafond enrobe tout ton corps. Pour moi qui suis, comme vous peut-être, maître et savant fou, professionnel de l'inquiétude, ces instants de béatitude sont une étrange et lumineuse bénédiction. Le seul problème c'est que dès que tu veux t'en emparer pour plus longtemps en profiter, ils disparaissent aussi vite qu'ils sont arrivés. La joie, la pure joie, soyeuse, ramassée et toute de clarté est une loutre surprenante. Elle nage, glisse, brille, montre sa tête, rit de toutes ses canines, plonge sans bruit, s'évanouit dans l'eau glacée si tu fais mine d'à peine l'approcher. Quant à la suivre je n'ai jamais essayé, je nage comme un pied.

L'oiseau-mouche

Ma seule consolation aura été de penser, pardonnez-moi, d'imaginer, que quelques fois, doux accidents, visites surprenantes, certains de mes écrits auront été comme portés par l'écho lointain de la voix, ou du songe d'un Autre, m'imposant et sa force et son rythme et le choix délicat de mots venant avec grâce et à la fois une certaine autorité se poser ou plutôt s'imposer dans cette immense casse où gisent inertes et froids tous nos jargons rouillés.

Apprenti carrossier, miroir aux alouettes, moi je n'ai fait qu'arpenter des monceaux de ferraille avec un bec particulier de pie fouilleuse me permettant dans ce foutoir de détecter les phares, bouchons de radiateurs, rétros, poignées, calandres, le tout chromé. Ma préférence allant vers les compteurs kilométriques, les compte-tours, tableaux de bord, l'odeur de cuir et de tabac des vieilles limousines et les volants à la patine ivoire ou en bois vernis lamellé collé… Sans oublier mon attirance un peu obsessionnelle pour les locomotives à vapeur et leurs panaches de fumée.

Mais je dévie de mon sujet. Comme souvent, je m'empare d'images. C'est ma manière à moi de voyager et de saisir ici ou là un peu de ce concret auquel jamais je ne compris grand- chose. D'autres font bien des tours Eiffel en allumettes, d'autres des figurines ou marionnettes en papier, d'autres encore des mobiles de

zinc, des girouettes qui tournent en grinçant par tous les vents. Moi j'ai joué à l'alphabet, chaque lettre en couleur et dûment illustrée pour le plaisir de promener, de me sentir accompagné.
En effet, cette voix ou tout du moins cette rêverie dont je parle plus haut ne m'a jamais quitté. Elle fut l'amie me secondant chaque fois que j'étais à la peine. Très tôt et à mon grand regret, je compris que quoi que l'on puisse confier, y compris à ceux que l'on aime, on ne saura jamais ce qu'il en restera. Impartageable, l'essentiel décidément est un maudit solitaire muet. Tout ce que l'on peut faire c'est inviter notre invisible confidente, celle auprès de qui on pleure et on se plaint, avec qui on ratiocine ou râlotte et qui finit toujours par vous faire sourire lorsque vous vous surprenez à parler seul comme un fou habité par un projet plus grand que lui.
Oui, je sais, il est peut-être décousu ce billet. Mais il dit bien ce qu'il veut dire. Sans cette Voix venue d'ailleurs on est de pauvres orphelins-ferrailleurs ramassant tout, n'importe quoi, en n'ayant pas la moindre idée de ce qu'on va en faire ni même à qui ça servira. Tout ce qu'on sait,

c'est que d'un coup, comme aimantés, tous les morceaux s'assemblent venant des quatre coins de nos steppes cérébrales. On a alors devant soi un drôle de vaisseau fait de bric et de broc, un peu clinquant, aussi lourdaud et ruisselant qu'une baleine sortie des eaux, un cargo-zeppelin gonflé à l'hélium du grand souffle des mots. Ça tangue, ça s'élève, ça retombe, rebondit, remonte et ça finit au gramme près par prendre de l'altitude. Mais si tu regardes bien, tu verras que cette masse informe ne décolle et s'envole que parce qu'elle est tirée par les battements d'aile de l'oiseau-mouche qu'est l'Esprit. Sans ce minuscule compagnon frétillant, coloré, ta pensée, aussi riche soit-elle, ne sera qu'une grosse méduse échouée fixant le ciel de son œil mou aveugle et blanc.

Ripailles...

Voyez-vous la foi, la ferveur, jusqu'au bout, c'est ça : croire, y croire, s'en lécher les babines alors qu'aucun signe tangible n'est là pour conforter cette ronde énergie qui, malgré nous, chaque jour, sur la broche des songes, tourne, roule, grésille, dore et le corps et l'esprit et leur fait saliver les papilles, ouvrant notre appétit. Car ce qui compte pour nous c'est d'obtenir l'accord parfait entre ces deux. Non pas pour être repu, mais afin d'aiguiser davantage notre fringale d'absolu. Ce qui compte c'est de charger à blanc ces deux fourneaux, de bon charbon, de pieds de vigne ou de bois sec, tout combustible ou intentions capables de réchauffer, œil vif, bonnes joues rouges, puis de nourrir cet animal entier et astucieux, affamé, qu'est l'Homme en quête permanente d'une éclatante explication et d'une voie nouvelle, d'une recette bien pensée au joli four voûté de toutes ses attentes.

C'est dans un grand silence et sans gaver les oies que se prépare un plat digne d'un roi ouvrant le ciel dans le parfum des ortolans. Laissez-nous donc rêver de dindes, dindonneaux, grives farcies à la viande des songes, hachée menu menu, mélangée à la sauge, mise à la broche des désirs qui demain seront mûrs, truffés d'herbes rares grimpant de tous côtés à l'assaut de murailles glacées protégeant, abritant la bêtise, le rance et tout le grelottant enfermement. Lorsque s'écrouleront dans des crissements froids les donjons, les chapelles et toutes les smalahs, on verra d'un côté un peuple en liesse festoyant et fêtant sa liberté conquise et de l'autre une poignée, que dis-je, une louche, chaudron, marmite, de roitelets gras ou exsangues et défaits, digérant mal leurs mauvais plats empoisonnés, ayant sans foi ni loi, sans un gramme de goût, de bonté, de pitié, ni même une once de simple délicatesse, obscurci si longtemps tout l'azur et le grand horizon de nos ripailles à ciel ouvert sous le regard égrillard, pétillant de malice, des dieux se pourléchant de notre gourmandise retrouvée.

Tamaris...

C'est en bougeant le moins possible que j'ai réellement éprouvé le poids, la densité et la fragilité du Monde, sa folle farandole, ses frissons, ses basses sourdes, ses feulements, sa résistance, ses craquements, dans un vide glacé.

C'est en faisant silence que j'ai perçu les clameurs et les cris, les rires et les plaintes, le bruissement continu des peuples vivant sur son dos rond de vieux renard battu, au pelage mité, criblé de trous, moitié sauvage, un œil fermé et l'autre bleu, griffes en avant, roulant dans le néant avec son astre mort comme une blême vanité accrochée à ses basques.
C'est en vivant de rien, sans importance ou me laissant porter, que j'ai compris ce que hurlaient les vents, ce que crachaient les vagues du bout de leur écume sur des plages de sable ou de galets. J'ai entendu les grands nuages baladeurs. Ils m'ont confié leurs traversées sur des mers calmes et tourmentées, les cimes enneigées ou d'épaisses forêts, les désastres en cours, tout le travail de ce vieux fauve en boule léchant ses plaies béantes, se nourrissant au lait d'étoiles et ne cessant de se régénérer. Les cumulus, ces voyageurs impénitents, lourds de mémoire, aux formes infinies, furent mes maîtres à penser.
C'est ainsi que j'ai aimé par-dessus tout les troncs tordus et noirs des tamaris s'agrippant à la terre mais dont les

feuillages légers volent en crinières libres, longs filaments mauves ou blancs accompagnant le ciel mauvais autant que le ciel pur. Ils captent sans bouger, têtus et rabougris, mais jamais résignés, à l'aide de leurs souples et gracieuses chevelures, mille nuances sucrées, dorées, putrides, humides ou salées que l'agité perpétuel sillonnant la planète ne saisira jamais. Je le sais... sur un banc, sous leur ombre, ils m'ont tout chuchoté.

Un sujet vieux comme le Monde...

Le pessimiste est celui qui, vaincu, bras ballants, étale son sentiment d'irrémédiable échec. L'optimiste est celui qui, vaincu, n'admet pas sa défaite.

La seule différence entre les deux, c'est que le premier possède une inépuisable mine d'arguments le confortant dans sa délicieuse misère, alors que le second, bien que connaissant tous les défauts du Monde, s'évertue, s'échine à dénicher un seul atome de lumière capable d'embraser l'univers tout entier.

Ce qui enfin les réunit, c'est leur capacité

à éclater de rire ensemble autour d'un truc idiot révulsant le néant du premier et giflant l'impossible quête du second.

Lettre à un ami...

Souvent mes mots-matin ont la vertu de m'éveiller, de mettre en branle ma journée. Ils sont les germes de petites pensées semées durant les nuits de pleine lune. Et puis, je ne sais pas, il y a des matins vides comme des champs abandonnés. C'est sans doute le fait d'être trop dérangé. Amis, voisins, famille, enfants, ce sont beaux passereaux qui emportent les graines destinées à mûrir au soleil du silence, dans la douce tiédeur d'une paix prolongée.
Il ne faut pas râler, c'est bien belle jachère que de se reposer dans des bruits familiers. Et même s'ils me volent les mots de la bouche, il me reste à apprendre à me laisser porter par tous ces courants d'air, ces tourbillons d'idées, me faire tout petit, car enfin il faut bien un peu s'évaporer pour permettre à autrui d'exister. Tout cela pour vous dire que

dans le chaudron des fêtes caramélisées, le carrousel de ces diversités, je perds un peu la tête mais ici je tenais malgré tout à vous dire ma sincère amitié.

Tant que vivra la dérision...

Si seulement les humains savaient éclater de rire ensemble autour de leurs différents points de vue, il n'y aurait sans doute ni guerre ni le moindre conflit. La Terre serait secouée de hoquets et de bonnes tapes dans le dos. Tout être se prenant au sérieux devient vite en effet un crétin dangereux.
Vivre ou mourir importe peu pour ceux et celles qui, légers sans doute, en doux provocateurs, s'offrent le luxe de tourner en dérision leurs ambitions, leurs drames ou leurs conquêtes et leurs petits esprits dits de compétition. L'éternité fait le ménage et n'en déplaise aux Panthéons, de nous ne reste qu'un passage, un vent, que dis-je, un rot, sur un vertige d'illusions. Un poil de nez un peu trop long peut déclencher l'hilarité d'une assemblée de sages.

Silencieuse Présence...

... Peut-être suis-je tellement habitué et habité par Votre existence à mes côtés que je ne ressens pas toujours l'intensité et les effets de Votre présence... Ou peut-être n'êtes-Vous plus là... À moins que je ne Vous ai inventé... Ou encore est-ce moi qui joue à cache-cache sur le damier des sourds muets. Moi qui me suis imaginé que, depuis que je suis né et bien en amont, depuis le ventre de ma mère et encore en deçà, j'étais et je serais, toute ma vie accompagné. Mais alors que signifient ces vides répétés ? Pourquoi ne suis-je pas perpétuellement baigné dans le doux rayon de miel d'une confiance aveugle de benêt ?
Et pourquoi notre réalité ne serait-elle pas le fruit, non pas d'un imaginaire quelque peu exalté, mais d'un mystère permanent dont nous serions toujours conscients, nous côtoyant sans que jamais l'on puisse s'en saisir, à peine révélé, mais là, constant, comme un ami, une auréole protectrice ?
Ainsi j'aurai vécu mi-ombre mi-soleil, avec en fond, que je le veuille ou non,

la silencieuse et amère douceur de Votre indéfectible et délicieuse absence qui m'oblige à chercher.

Fantassin de paille...

Je suis sans doute brouillon, intrépide et maladroit. Quelquefois je me noie, je patauge, claudique, dérape, m'envole et m'éparpille au moindre courant d'air. C'est que je suis léger, de bonne constitution sans doute, inconsistant peut-être. En tous les cas fragile, comme un fantassin de paille. Les mots n'ont été là que pour lester ma tête, me donner l'impression que j'avais quelque poids. Mais à peine écrits, je le vois bien, ils se foutent de moi, se barrent en courant comme bande de rats, se dissipent, s'étirent, se brouillent et se dispersent ou se volatilisent en fumerolles sur l'étang plat de la banalité... Et moi je reste là, au milieu de mon champ, gros-Jean comme devant, ne comprenant plus rien, avec cette impression que toute parole écrite, y compris avec la meilleure intention, est hallucination ou hallucinogène, mirage

de caravanier tournant sans fin dans l'ondulant désert de la pensée. Écrire devient alors pour moi un acte aussi absurde et insensé que de vouloir absolument exhumer un sphinx énorme, vieux de milliers d'années, sous des mètres de terre où poussent de bien maigres navets dans un sol écossais bordé de pierres et de bruyères.
Le tout, quoi qu'il en soit, que ça existe ou pas, c'est, tout dépenaillé, de creuser et encore et encore, en attendant le cimetière, qui est là juste à côté, où veillent raides et goguenards de noirs calvaires entourés de narcisses... leur entêtant parfum de rêves introuvables.

Le puissant Nord...

Le puissant Nord jamais perdu...Cela fait si longtemps que j'écris ! Je suis comme un qui aurait semé dans tous les champs, à ma portée et au-delà, et n'aurait récolté qu'un seul boisseau de bois rempli de seigle, d'orge et de blé. De quoi faire trois pains et me nourrir un brin. Ni trésor, ni miracle à la clef. Mais une belle terre dont je suis fier, aux sillons fermes et luisants, qui grouille de corbeaux, oies cendrées, moineaux, vanneaux, grives et geais gavés de tous les grains que j'ai toujours lancés trop tôt, trop fort, à la volée... et de bons gros vers rouges, roses et blêmes comme bedeaux imberbes se tortillant dans les tranchées de mes labours sous un ciel gris.

Ainsi, mon vrai labeur, fut généreux mais sans mérite, n'ayant jamais douté de ma riche compagne Providence. Il ne rassasia que ce qui vole et qui s'envole, là où jamais on ne le suit. Mes bons oiseaux et leurs yeux ronds brillants et étonnés m'ont confié en retour leurs chants, leurs piaillements, leurs cris, leurs plumes de couleurs et leur exquise aisance pour s'élancer vers les ailleurs. Que ce soit seul, en bandes, en groupes noirs et voltigeurs, ils vont toujours vers la lumière et ne doutent jamais d'un instinct aimanté les guidant vers la joie d'un coin de terre solaire et nourricier.

Écrire, c'est lancer à tout va les mots et les semailles que le ciel te confie. Tu ne sauras jamais quels oiseaux tu nourris, mais en écho lointain tu recevras mille comptines chuchotées, à peine perceptibles, venant de cieux et de rivages inconnus, te désignant le Nord, le puissant Nord de toutes tes attentes, de toutes tes envies, toi qui si souvent bats de l'aile comme un manchot désorienté ne sachant ni voler, ni nager.

Cirque des Mots et des images...

Au cirque des penseurs, il y a toujours deux clowns, l'Auguste et le clown blanc. Prenons les plus récents. Camus n'est pas marrant, mais le sérieux a ses clients. Sartre est désopilant, bien qu'il soit beaucoup moins drôle que Marty Feldman. Plus avant, Montaigne est rigolo quand il s'essaie à dénoncer ses gros défauts. Pascal est aussi raide et pâle que le cierge qui porte son nom. Descartes est l'acrobate du grand écart entre rigueur et absolu. Hugo le fort des halles porte l'humain à bout de bras avec un souffle de taureau.
Céline est contre-pitre et met toujours les pieds dedans, à la plus grande joie des

gamins tristes et ronchons. Proust a le don d'hypnotiser dans ses langueurs un bataillon de souriceaux. Tant d'autres encore sous ce grand chapiteau !

Ce serait bien injuste de n'en nommer que quelques-uns, têtes d'affiche, légendes attirant les foules de gogos. Car du plus petit au plus grand, chacun a son mot à dire et fait avec sérieux son entier numéro. Venant de tous pays, depuis toujours ils ont cerné et habillé le Monde de leurs paillettes, de leurs acrobaties.

Ils sont équilibristes, écuyères, funambules, magiciennes, dresseurs d'ours, de caniches ou de cobras et jusqu'au balayeur ramasseur de crottin, cornets de frites, chichi-frégis, barbes à papa, menue monnaie tombée des gradins, tous ces modestes reliquats, rognures de spectacles où les mendiants sont rois.

Et là-dedans ça sent l'urine d'éléphant, les fèces de lions, l'urine des badauds, la paille des zèbres et du singe hurleur, les rots à l'ail, à la vinasse, des nettoyeurs de cages où dort un tigre vieux rêvant de sa forêt perdue. Quel cirque l'écriture ! Mais si peu ont accès à l'ineffable et intacte innocence...

C'est pour cela que j'ai tendresse infinie pour l'éternel enfant tout habillé de blanc marchant au pas sur le bat-flanc de la piste de sable gris et précédant l'orchestre de trompes et de cornes, cymbales, grosses caisses, avec sa flûte d'argent. Souvenez-vous, il joue en ritournelle, à vous briser le cœur, les quelques notes simples de la mélancolie, raccommodant nos existences avec mille débris... Huit et demi…

Oui, j'ai tendresse pour Fellini, porteur infatigable de nos ardeurs, de nos langueurs lointaines et de nos joies intactes. Clown s'il en fut, entre Cervantès, Miller, Freud et Dostoïevsky, il martela nos vies, avec son mégaphone, son œil cerné de rhino Romain, malin et attentif, poursuivant sans relâche le riche puzzle de ses rêves.

Ils avaient, ils ont, nous avons tous, sous nos chapiteaux de toiles rapiécées, le désir fou de réinventer ce que le Temps, implacable abruti, détruit avec l'indifférence des sans âmes. Nos mots, nos gestes, nos pirouettes et nos images ont seuls l'audace et le pouvoir des pitres cascadeurs : se lancer sans filets, débouler sur la piste des froides pages blanches, de vierges partitions, de neuves pellicules, pour livrer le meilleur, le vivant croustillant de l'esprit, risquant pour pas grand-chose d'affronter tout le vide, de défier l'infini et de tirer sa révérence sur de lourds rideaux rouges par une fin d'après-midi.

Les blancs voyages...

Mardi, 6 heures…
Quelle est la voix, le chant ou le visage qui remettra d'aplomb (peut-être) ta malheureuse silhouette flottant au ciel des abandons ?
Que signifie la blancheur cérébrale… ou cet état si rare où l'on se sent comme absent de soi-même ? Est-ce notre âme qui s'est échappée ou bien l'esprit qui fait des siennes, l'identité qui s'est carapatée, évaporée, dissoute dans l'éther ?
Le corps est là, comme engourdi, se demandant lui-même à qui il appartient... et ce qui le retient. C'est comme un chien abandonné marchant hagard sur la chaussée dans une zone où rien n'est fait

pour retrouver quoi que ce soit de familier.
Et je ne peux que demander : « Où diable suis-je donc passé ? »
C'est un état étrange qu'il vaut mieux ne pas trop questionner. Laisse-toi, mais laisse-toi donc porter ! Et si tu es partout sans être nulle part, sache que rien, jamais, n'est aussi bon que d'être absolument désorienté. Tout oublier, enfin, dans cet Ailleurs qui a comme un goût d'éternité…
Mardi, même jour, 17 heures…
Doucement, doucement, je reprends pieds. Je reviens, et je sais où je suis… et je sais qui tu es, et je sais qui je suis. C'est pas désagréable de savoir où on est, avec qui, jamais pourquoi, malgré le mal de terre. J'ai trop joué avec l'abstrait, ma montgolfière de papier, mes caravelles voiles tendues sous les vents du Parfait. Je reviens… Pas si mal de se perdre et de se retrouver, bancal, boiteux, usé, l'œil flou, mais sûr sans savoir où, d'être parti du bon côté.

Vient-il le jour où croisant les bras, on murmure tout bas : C'est fini, tout est dit, je m'en vais de ce pas faire mes courses sur le marché puis je retournerai éplucher des pommes de terre ? Les mots s'en vont alors, regards en coin vers leur immense forêt comme des chiens abandonnés qu'on n'aime plus. Plus de gamelles, plus de caresses, plus de minauderies. On leur tourne le dos. On retourne au boulot, celui d'avant qui nourrissait un peu son homme. Parce que les mots ça promet tout, ça ouvre l'infini, c'est à moitié domestiqué, c'est à jamais insaisissable. Si ça se laisse trop approcher, faut se méfier. Tu peux tout y laisser. La main, la tête et un morceau de cœur. Souvenez-vous ce qu'on nommait les «faux-amis»... C'en est rempli. Tu tends la main plein d'empathie. Montrant les dents, babines retroussées, poils hérissés, ça grogne à peine et ça s'enfuit. Enfin les gros, tout efflanqués, les plus sauvages, corniauds croisés avec des loups. Avec les autres, les petits, c'est plus facile, tu les dresses au biscuit, ça jappe, ça léchouille, ça mordille, ça obéit, c'est propre et ça remplit des pages et des cahiers à coups de riquiquis, de chihuahuas et de bichons. Mais les grands, les méchants, les farouches, secoués de frissons électriques, vomissant des paquets d'herbes empoisonnées, hurlant au loin gueules au ciel, tournant en rond autour de toi sans jamais s'approcher, faisant toujours trois bonds de côté lorsque tu crois les attraper, ils gardent leurs secrets de lunes et d'étoiles, de labyrinthes, de terriers, de cavernes et de l'immense liberté. Ce qu'ils ont vu, ils ne le livrent qu'à peine comme un os trop rongé. C'est bien joli de vouloir les apprivoiser mais ça reste invisible, impalpable, fuyant, méfiant, toujours un peu lointain et au final, quoi qu'on ait tenté de formuler, ça ne te rend jamais ce que tu leur demandais.

Et puis il faut le dire, tout ce travail de dompteur fou, ça ne remplit pas la moitié d'un caddie. Alors oui, tu t'en vas, un peu amer, plein de regrets, vers une chasse plus facile de bons poulets apprivoisés pour des Dimanches satisfaits autour d'une purée.

Prière...

Tu es à ta place, rien qu'à ta place et tu n'aurais sans aucun doute pu faire mieux. Ni plus haut, ni plus bas. Il eut fallu pour cela et plus d'intelligence ou être plus sournois. Ou bien ne pas douter. Ce qui n'est pas ton cas, car tu t'es balancé d'un côté et de l'autre, exalté, mine grise, indifférent, écorché vif, élu et rejeté, cyclothymique, inébranlable et frissonnant. Donc où que tu sois, où que tu en sois, quoi que tu aies fait, ne te lamente pas et ne va plus, je t'en conjure, fouiller dans les poubelles du passé ce qui aurait pu et qui n'est pas. Et ne va pas non plus coller ton oreille aux portes du futur pour tenter d'attraper je ne sais quel mensonge issu de l'inconnu.
De toutes tes ultimes forces, contente-toi de serrer au plus près le grain des jours afin que chacun d'eux soit aussi dense que le noyau de l'avocat. Ni regrets ni projets. Sois tout entier l'arbre et la terre, le fruit mûr et parfait pour lequel tu es fait.

L'esprit vivant...

Tu comprendras que tous ces billets quotidiens envoyés, le sont dans la plus totale sincérité comme des lettres adressées à des amis capables de lire entre les lignes. Ce qui m'intéresse dans une correspondance c'est le substrat, ce qui reste, flotte, autour des mots écrits. Publier, c'est une autre paire de manches. Mais en un sens, c'est tricher. Car les scories, les défauts, font partie intégrante du caractère de celui ou celle qui livre ses pensées. Corriger, peaufiner, en vue d'être édité, implique de se montrer sous son meilleur jour. C'est une sorte de maquillage destiné à dissimuler ses défauts. Or ce sont eux qui bien souvent définissent le mieux ce que nous sommes. Le billet ci-dessous indique clairement ce que je poursuis sans relâche. Rares seront ceux qui suivront avec intérêt le parcours exigeant de ce qu'un Maître Eckart nommait « la tête de l'âme ».
Penser, c'est sans cesse chercher à aller au-delà. Pour aller au-delà, le langage rationnel, quotidien, usuel, étant extrêmement limité, il s'agit d'accoupler

des mots parfois aux antipodes afin de faire naître des images dont l'implosion est salutaire, ouvrant des voies inexplorées.
L'esprit vivant, loin de s'enfermer dans des schémas archaïques, tentera par tous les moyens de vivifier ainsi les sources du langage afin chaque fois d'approcher ce qui toujours lui échappe.
En effet, c'est en brisant les codes routiniers de toutes formes d'expression, (non pas pour le plaisir de satisfaire sa « piccolina » originalité, mais pour déverrouiller les lieux communs de nos promenades pénitentiaires), que nous agrandirons le champ de nos pauvres et solitaires avancées vers un ciel, un Amour infini nous appelant sans cesse. Et c'est ce vide habité, défiant toutes les lois de la causalité, de la raison, qui nous arrache en permanence de nous-mêmes et fait de nous des vagabonds illuminés.

Lettre aux athées...

Et si Dieu se laissait... « faire exister »? Toute création de l'esprit, d'une manière

ou d'une autre, a pouvoir et volonté de se matérialiser… y compris la pure substance poétique qui devient mouvement du corps et de l'âme (danse, musique, chant, idées-matières au travers de la sculpture, de l'architecture, représentations picturales…)
Ne pas croire, c'est se refuser l'accès à un imaginaire susceptible de devenir une Réalité. Qu'en serait-il d'une partition enfermée dans un tiroir ou une armoire et qui ne serait jamais jouée ?
Si l'Homme est capable de concevoir la toute-puissance d'un Créateur, pourquoi, à quel titre nous empêcherions-nous de Le mettre au Monde ?
Dieu est éternel enfant de l'Homme.
Dans l'absolue liberté qu'Il nous laisse, de Le chérir ou de L'abandonner, je puise quant à moi un amour immense et particulier, comme de protéger une humble créature ne voulant surtout pas s'imposer. Sa toute-puissance fut de se recroqueviller au sein d'un infini par lui-même engendré. Et notre seul travail est de Le retrouver dans ce buisson de nébuleuses et d'équations non résolues, non pas de Le nier en piétinant, lourdauds, la si belle matrice de nos rêves

Dans un seul visage...

Est-il nécessaire de forcer le destin, d'aller outre ses capacités, de contrer s'il le faut ses pires intuitions, sous prétexte d'arracher la part non programmée que proscrit la raison ? Je parle ici de ceux qui, connaissant leurs limites, aiment s'aventurer, c'est plus fort qu'eux, bien au-delà de toute signalétique. Ceux qui reviennent bien des années plus tard de ce périple-là, quel que soit le sujet, amour, exploit, mental, physique, spirituel ou matériel, quoi qu'ils aient dépassé, malgré tous leurs efforts, ont toujours l'impression, mains vides, une pelletée d'images et quelques sensations, de n'avoir fait qu'effleurer un mystère qui leur a échappé.

Pour connaître un peu son propre univers, ne faut-il pas terriblement le limiter ? Il y a fort à parier que celui qui n'a jamais quitté sa rue ou son quartier, en saura tout autant que celui qui a sillonné le Monde entier. Si je suis attentif, dans le regard d'un seul je verrai toute l'humanité, celle d'hier et de demain... et dans un seul visage, lisse ou tourmenté, je

verrai le divin. Si je suis aimant, une miette, un noyau d'atome, un quark, seront mes galaxies.
Je maintiens que le seul grand voyage est celui que l'on fait au risque de se perdre en oubliant qui l'on était, enjambant nos frontières, brisant nos jardinets, nos cloisons de papier, nos phrases toutes faites, nos maisons, nos métiers, nos passés, semant tous nos outils de ferblantiers, afin d'être légers, ne sachant plus ni d'où l'on vient, ni où l'on va… Car il faut de la place pour engranger l'éternité.
Vous avouerez qu'il faut aussi beaucoup d'audace pour tout abandonner. Et tout cela tu peux le faire sans bouger. Stylite offert à tous les vents, ton voyage aura l'éclat de l'églantier. C'est l'ivresse du Ciel, la folle débandade de tout l'organisé. Pas de retour possible, ni pause ni arrêt. Plus loin, sans lendemain, plus loin, vers le visage adorable du Parfait qui est là sous tes yeux chaque fois que, pétri d'attention, tu croises un seul humain. Ce qui est Grand se dissimule toujours dans la noblesse du Petit.

À défaut de carpes...

Allez, braconnier des forces invisibles, au boulot du matin ! Je pose mille lignes dans la rivière des idées. Ça mord, ça pite, ça grignote, je ferre et je ramène un plein seau d'alevins.
Je voudrais du saumon, de la truite mouchetée, du brochet moustachu, de l'anguille luisante et vive comme un fouet. Je les vois tous passer, contre-courant, comme immobiles, mes rêves mordorés, gras, agiles, l'œil rond... Et ils me font la nique avec mes moulinets, mes ruses de loufiat, mon matériel de plouc juste bon à chopper des gobies, du goujon. Et à défaut de carpe je mange de l'ablette. À défaut de philo, je mâche des brindilles. Et à défaut de gloire, je me contente vers midi d'un ballon de gros rouge et d'un croûton de pain grillé...

Ma mère....

Mourir n'est rien, une fois qu'on s'est fait à l'idée. Ma mère sur un lit d'hôpital, ne pouvant plus parler, me griffonna ce petit mot : « Je ne pensais pas que c'était si long... » Elle attendait que vienne l'heure de passer. Et de son index, tout en me regardant avec ses beaux yeux bleus, elle me désignait le ciel, objet de son ultime curiosité, comme une voyageuse dans un aéroport, patiente, paisible et résignée à l'idée que son dernier avion ait pris tant de retard.

Ma raison d'être...

Il est des matins vides et lourds comme une écrasante basilique sans la moindre Présence. Tout l'être tente d'échapper à la sourde gravitation d'une sombre masse de marbre froid et humide tournant inerte dans de lentes ellipses. Rien n'est là... et tout cet or poisseux tourne dans la pénombre. Et le grand regard noir d'un Christ Pantocrator plane sur des coupoles aux tremblantes lueurs de cierges avachis. Est-ce cela qu'on nous avait promis ? La valse ténébreuse d'un sarcophage en pierre et en plomb orné d'images mortes, heurtant parfois des caillasses sans âme dans un néant plus

sourd qu'un coma éthylique ?
Si j'ai rêvé tout ça, il va falloir que je me secoue, que j'ouvre en les poussant ces lourds battants de bronze, que je foute le camp de cet absurde cimetière. La vie veut pas qu'on la vive pas. Et peu importe ce qui est ou ce qui n'est pas. Moi j'ai l'œil bleu d'une toundra sous le galop d'un alezan, l'horizon est mon roi, le moindre rond de primevères vient nicher son parfum dans mes naseaux de bête n'obéissant qu'à ses frissons, à cet instinct d'une vie forte, dont les raisons n'ont qu'une loi : Être en se moquant de disparaître.

Cargaison d'inutile...

Je fus explorateur des déserts et des oasis de l'âme. J'en ai vu des contrées et des ruines dévastées par les sables du Temps ! Je n'ai pas pu comme beaucoup parcourir le Monde. Mais comment cela m'aurait-il manqué puisque le Monde, vieux matador roué dansant dans son costume de lumière, s'offrait à moi du lever au couchant. Et ses nuits étaient vastes

comme des steppes de prières, de miracles, d'étincelantes intuitions.
J'ai parcouru des distances énormes sur le dos de mon cœur percheron. Mes sacs et mes sacoches étaient remplis d'inconcevables émotions. J'ai eu la prétention d'écrire mes voyages. Le plus petit d'entre eux, la plus petite étape, étaient une odyssée. Mais les mots rarement avaient la densité de tel ou tel nuage, ni même le pouvoir d'une ville assoupie.
Il m'était impossible d'arrêter ce flot de sensations qui sans cesse venait battre, frémir, rouler tambour sur mes mains, mon ventre et mon front. Parcouru de frissons, j'étais celui que je croisais, celle qui devant moi caracolait sous les platanes, celui encore qui mendiait à mes pieds. Les chiens me regardaient droit dans les yeux comme un cousin qu'on aime bien. Pire, j'aurais pu levant la tête vers les fenêtres d'une rue, savoir la trame obscure de silhouettes et de vies aperçues.
« Pourquoi moi ? » disait toujours un de mes fils lorsqu'il était chargé de mettre le couvert ou de faire la vaisselle. Le ton qu'il employait sous forme de supplique nous faisait rire chaque fois. Je n'ai quant

à moi jamais pu me plaindre d'avoir ce don de traverser autant de vies, de paysages, dans un cosmos si familier. Je ne pouvais que me demander ce qu'il fallait en faire de ces trésors multipliés.
J'ai donc passé la serpillière sur le plancher de teck couvert par les embruns de mes ennuis, chargé les soutes de trois mâts avec de lourds ballots d'émotions, arrimés, bien tassés. Puis j'ai cargué les voiles de mes pages gonflées du vent de clairs désirs et souqué ferme vers une île lointaine où je pourrais tout déposer. C'est devenu mon culte du cargo.
Je me demande bien qui voudra de mes colifichets, de mes colliers de verres érodés, de mes babioles, bagatelles, potlatch pour âmes entichées de ce butin si décrié qu'est le bel inutile.

Comprenne qui pourra...

Toute la richesse d'une pensée réside dans les strates qu'elle implique. Savoir lire, entendre, l'en-dehors ou l'au-delà des Mots, l'essentielle intention, comme certains perçoivent le halo qui entoure les

êtres, nécessite un effort de suprême attention.
Ce n'est pas ce que ces mêmes mots formulent qui est important, c'est ce qu'ils suggèrent, ce qu'ils voudraient dire et qu'ils effleurent chaque fois.
Celui ou celle qui a le don de capter l'initiale vibration contenue dans tout langage a le pouvoir d'approcher ce que dissimule l'Univers lui-même.
Ainsi une vraie lecture du Monde implique une intuition, mais peut-être devrais-je dire une rigueur sacrée, entièrement délivrée de tout a priori. Voilà sans doute le sens d'expressions aussi fermes et définitives que : "À bon entendeur salut" ou "Comprenne qui pourra"

Épistémologie du vide...

J'écris en ne pensant qu'à une poignée de gens, quelques sœurs, quelques frères et de lointains anciens qui n'ont quant à eux sans doute plus besoin de me lire.
Ma chaudière, miraculeusement intacte après tant d'années, fonctionne à blanc

malgré le peu de combustible.
–Alors tu marches à quoi, dis-moi, vieille locomotrice ?
–Au désir brut renouvelé, comme les pains multipliés, venu du fond des âges et que rien pour l'instant ne semble pouvoir tarir ni assécher.
C'est l'uranium de mes ancêtres, la fusion nucléaire engendrée par quelques météorites trouvées enfant sur mes chemins et déposées depuis longtemps sur mon bureau plein de poussière...
À moins qu'il ne s'agisse d'un don particulier offert à mon insu sur le berceau de mes attentes par un diable, un lutin malicieux ayant fait de moi le mécano vaillant, grotesque, d'une machinerie fonctionnant à merveille mais ne servant à rien qu'à amuser les tout-petits et à nourrir de fantaisie les discrets, les timides épris de déraison.

Prière au tout-petit…

Ô pitchoun, mon petit, mon maître, mon gamin, mon ami, j'ai bien besoin de toi pour voir autour de moi le monde et ses

vallées, la mer et les montagnes et les nuées d'étoiles qui dansent autour de nous.Je ne vois pas plus loin que le bout de mon nez et un carré d'asperges sauvages et de fenouil bien gras devient pour moi une forêt. Si tu pouvais avec des mots très simples me décrire la vie, tu me rendrais un fier service, car pour moi tout est devenu flou.
Un jour, j'étais bien jeune, un vieil homme m'a dit : «Tu sais la vie n'est pas mal faite, j'aimais regarder les femmes et désormais je les distingue à peine, elles sont passées dans l'ombre des mes plus grands désirs. Je vénérais leurs voix dont je suivais les courbes comme une mélodie qui enchantait mon cœur, je suis devenu sourd. Quant à moi si je parle c'est avec un timbre rocailleux et parfois un je ne sais quoi de fluet qui m'a enfin féminisé. Quant à courir après, de mes deux jambes arquées je ferais mieux d'avoir un bon mulet… Me restent les parfums, c'est ma dernière ivresse. Je m'y noie, j'en mourrai, mais de béatitude… »
Raconte-moi pitchoun, mon petit, mon maître, mon ami, raconte-moi ce que tu vois et guide-moi sur ce sentier si escarpé

frôlant le vide. J'ai tellement confiance en toi que si tu me le demandais, je plongerais dans la vallée tête baissée, tout en joie, comme un vieil épervier fondant sur sa dernière proie.
Et je t'offre mes plumes, que tu puisses danser autour du feu de ta propre vie, nourri de ma carcasse pleine de tendre naïveté remplie surtout des mille inachevés que tu sauras combler, parfaire et transcender.

Le chemin d'or...

Veux-tu aller si loin sur ce chemin que nulle carte ne signale ? Nulle trace de pas. Seules les pierres mauves chantent les verbes que nos aînés, passés par là, ont égrenés, fredonnés dans leurs barbes, sous leurs chapeaux et leurs bonnets.
C'est comme un beau ruisseau de gravier et de sable qu'on ne peut pas quitter. Et on entend au loin le bruit du Monde, les cris des hordes et leurs chiens aboyer. On nous cherche c'est sûr. T'as pas le droit de te cacher. L'école buissonnière, on nous l'a dit, c'est bon pour les ratés.

Mais « sont » pas près de nous trouver, les gueux du droit, de la raison, des camouflets. On disparaît sur ce chemin que personne n'emprunte. Normal, il est sacré, solaire et plein de sortilèges. C'est le sentier de l'écriture. Tu t'y engouffres, c'est foutu et pas de marche arrière. Le moindre buisson sec devient un olivier, un brin d'herbe un bosquet, un coin de ciel c'est l'empyrée, un bout de mer c'est du saphir.

Mais si jamais tu te retournes, tout devient gris, part en fumée et d'empereur tu deviens roitelet, un pas de plus et en haillons tu mendigotes un bol de nouilles. Comme les pâtes à l'alphabet, tu boufferas tes propres mots.

Si t'en fais pas de la purée y'a des consonnes qui s'accrochent. Gaffe à l'éventration, le c cédille est l'hameçon qui te chope aux viscères et te ramène, menu fretin, en quelques coups de moulinets dans la musette du pêcheur. Tu finiras en bouillabaisse, l'œil blanc et rond, tout étonné d'avoir perdu le chemin d'or que nulle carte ne signale.

Aucun enseignement...

Nul n'a raison, c'est vrai, si ce n'est pour lui-même. Tout sage, abreuvé de ses propres défauts, ne peut, avec une lucidité particulière, qu'indiquer une voie, commune à tous, sentier étroit, solide, visant à éviter sables mouvants et marécages, pièges dont il connaît tous les effets pour s'être lui-même laissé prendre. Mais il est bien connu que même si nous entendons, lisons ces vieux trappeurs de l'expérience, nul ne songe à profiter de leurs avis, car il est bon que chacun tombe dans les ornières coutumières afin de devenir le propre maître, le philosophe de sa vie.

Lettre aux amis...

Je suis si bien chaque matin, soleil levant, devant ma feuille de papier. J'attends parfois les bras croisés que tombe la poussière d'une idée. Ni torrent, ni marée, non à peine un filet, un goutte à goutte, une poignée de mots que j'arrange et bricole pour vous les

présenter. Ce que l'on veut offrir aux êtres que l'on aime c'est le meilleur du jour passé au filtre de nos nuits. Si j'osais, je dirais le nectar de nos vies. Et puis naïvement je crois avoir toujours pensé qu'il était inutile de se forcer. Ce qui vient sous nos doigts nous est comme dicté par un dieu méthodique et discret, un peu avare parfois, lâchant comme à regret trois piécettes dorées et deux sous de syllabes pour qu'avec ça tu bâtisses une phrase résumant, ce vieux pingre, l'âme du Monde entier.
Sois donc heureux de ce qui t'est donné et tâche d'en extraire l'excellence. Les meilleurs plats sont souvent faits avec des restes, du cœur et un soupçon, une pincée d'idée.

Rien n'est jamais joué...

Si l'Homme est fou, suis-je complice ? Si ses calculs de fier-à-bras, de va-t-en-guerre, de stratège épicier, et ce dans tous domaines, le conduisent à sa propre disparition, en quoi et comment puis-je me sentir responsable ?

Tout forfait, mensonge, tricherie, comptes d'apothicaire, misérables manœuvres pour imposer sa loi, tôt ou tard aboutit à l'extinction de cette œuvre d'art insensée que représente la Vie, d'esprit, de chair, de terre, d'eau douce et d'eau salée... matérielle copie d'un autre Monde indivisible, invisible et parfait.
Mais dites-moi en quoi le sage, l'innocent, l'inutile, le bel idiot sans ambition, l'humble cherchant mille réponses sous chaque pierre soulevée et dans les galaxies de son simple cerveau, sont-ils associés à un flot ininterrompu de coups bas insidieux ne visant qu'à détruire l'âme sacrée du Monde ?
L'homme de pouvoir, (et chacun à son échelle a sa part plus ou moins grande dans ce triste jeu où il s'agit de gagner, d'imposer sa courte vision, d'humilier et d'écraser plus petit, plus inadapté que soi) l'homme de pouvoir donc, sous le prétexte fallacieux d'améliorer le sort de ses semblables, finit un jour ou l'autre lui aussi, à bout de souffle, sur son lit d'agonie, par comprendre que ce qu'il croyait être la seule voie, conduit inexorablement à l'anéantissement pur et

simple de sa propre volonté.
En attendant, il a brisé des ailes en quantité. Faudrait-il encore qu'il soit capable, cet Homme issu de ses propres faiblesses et cherchant à les dissimuler, de renoncer à l'orgueil et à toute forme d'amour-propre, de faire amende honorable et de se retirer de ce labyrinthe de taupe pour, en pleine lumière, oublier qui il est, envisager ce qu'est pure bonté qui est de laisser le vivant vivre et grandir au rythme calme de son cœur.
Il s'agirait enfin de proposer un regard neuf sur tout l'inexploré, veillant, sommeillant, depuis l'éternité en chacun d'entre nous, comme une Voie lactée, un sourire ineffable à portée de nos mains et n'exigeant rien d'autre qu'une totale compassion. Anéantir la Vie est désormais facile, ce qui en soi n'est pas plus grave que de souffler sur un gâteau désormais rance couvert d'une myriade de bougies.
Ne nous appartiendra, peut-être, dans un indescriptible ailleurs, qu'une infinie mélancolie venant du fait d'avoir interrompu la nécessaire et chaotique errance de l'Être Humain en voie de Rédemption.

Entre deux eaux...

Ce qui me fait le plus peur c'est de perdre la tête. Ce n'est pas tant les coups que la vie distribue mais plutôt le mal-être qui s'ensuit et qui ronge tranquille le petit aujourd'hui. Si on dit que tout passe, c'est sans compter sur les ondes sous-marines qui répercutent les chocs à des milles de là.

En fait de sous-marin, je suis un cuirassé qui a plutôt bel aspect mais sous ma ligne de flottaison ce n'est que rouille, vieilles fractures que je n'ai jamais réussi à bien colmater. Je prends l'eau et il y a dans mes cales des remous de mazout soulevés par de sales murènes qui ont fait de mon ventre une antre d'assassins.

Je connais plus le cri qui tue et j'ai perdu tous mes atouts, mon bel esprit karatésien. C'était la tête haute glacer le sang des revenants. C'était malgré tous mes défauts donner le change aux margoulins. C'était tracer bien droit le cap sur la bien nommée « bonne espérance », malgré les flèches et les harpons, la sourde vrille des torpilles et le poison des raies mantas.

Et je navigue entre deux eaux, broyé, fendu et cabossé, tout juste bon à m'échouer sur une grève de repos. À moins qu'au large je ne coule, et ce sera le jour de trop. Un crabe, un seul, d'un coup de ses cisailles m'ouvrira net de la poupe à la proue comme une boîte d'orangeade rongée par des années salines.
« Nos vies ne tiennent qu'à un fil ». Et il a beau être d'acier, une somme de riens finit par le désagréger. Mais où j'ai mis le Temps bien ordonné ? Qu'est-ce que j'ai fait des clefs ? Dans toute épave il y a secret. Ce sont toutes les voix des matelots, des passagers, qui continuent à résonner dans la carcasse vide, toute démantelée, de nos fiertés abandonnées, gisant sur le grand ban de sable froid de notre éternité.

Et le réel?

Oui je sais, j'écris souvent les mots « infini », « éternité », et l'on pourrait me dire : « Mais que fais-tu donc de ton passage sur Terre ? » Et je vous répondrai que ce passage n'a de sens que dans la

mesure où il est sans cesse confronté à un ailleurs dont je ressens la présence mais qu'il m'est impossible de cerner.
S'en priver c'est comme séparer un enfant de sa mère. Ce serait pour moi piétiner l'intuition, favoriser la raison grippe-sou, le petit aujourd'hui, la naine nombrilique au goître plein de vent.
Naître du vide est un concept qui m'est étranger. C'est une absurdité pour fier-à-bras, stériles coquelets et philosophes hargneux louchant sur leurs caroncules, ne se fiant qu'à leurs ergots. Mais assez parlé ici de ces cousins lointains. Et si je fais partie d'une famille de rêveurs c'est que j'ai entrevu l'autre versant de la matière. Il ne me viendrait pas à l'idée de ne naître que de moi-même.
Il y a bien sûr l'hérédité, familiale et sociale, mais en amont, au plus loin qu'il nous est possible d'aller, persiste à sourdre l'eau d'une source vive dont nous captons le chant et les reflets. Mère fontaine, c'est Toi qui continues à irriguer les veines et les nerfs de celles et ceux qui sans savoir pourquoi gardent mémoire de Ta voix.

Le sucre du désir...

Sans vraiment l'éprouver j'ai traversé les âges avec le cœur d'un amandier. Et l'écriture m'a emboîté le pas et bien souvent m'a précédé. Elle fut compagne de promesses qu'elle avait l'art de suggérer, m'offrant toujours la volupté de lendemains inégalés. Et même si elle ne m'a permis que d'effleurer les lourds mystères qu'elle recèle, quatre pas devant moi elle a toujours dansé le flamenco des possédés.
Je l'ai suivie tout guilleret comme un ado amouraché. Ses falbalas m'ont envoûté. Sous ses jupons de courtisane j'ai vu les ombres du parfait. Ni elle ni moi n'avons pris une ride. Je cours toujours après. Et si elle ne m'a jamais rien facilité, je lui dois, d'avoir chaque soleil levé, comme un printemps à respirer. Le soir venu, rien dans les mains, je m'endors en prières, convaincu qu'au matin…
Jamais fiancée ne fut si riche d'espérance. Si je ne fis que la frôler, son seul parfum m'a emmené dans un espace où la durée est abolie. Le sucre du désir dissout toujours le temps des flétrissures.

J'ai eu tant d'énergie dont vous n'aviez que faire... J'ai bien compris que mon barda, n'était pour vous que cotonneux nuages, à peine des orages que vous chassiez d'un geste de la main.
Combien de fois le cœur rempli d'oiseaux multicolores venant de pays que je ne connais pas, je suis venu vous les montrer et vous n'en vouliez pas. Vos lourdes portes closes, vos interphones et vos « Qui c'est? » me laissaient bredouillant, du bout des lèvres m'excuser.Les oiseaux envolés, je repartais dans mes nuits sombres, ne sachant où aller dans vos rues interdites et la froideur de vos quartiers où nul ne vous accueille.
Je ne vous en veux pas. Je me dis toutefois que si vous aviez pris nos rêves un tant soit peu pour la réalité, nous n'en serions pas là. Et maintenant que vous tremblez de perdre ce que vous avez, il vous arrive de venir un peu confus nous chercher, nous laissant juste dans vos vestibules, nous criblant de questions, un peu comme on consulte de vieux mendiants sorciers dont on a honte... mais on ne sait

jamais… pourquoi en ces temps tellement incertains ne pas les écouter…

Mais nous n'avons plus rien à dire, si ce n'est, pauvres enfants, vous rassurer et repartir « au vent mauvais » avec l'ulcère des blessés et la fatigue crue des humiliés. Je ne sais qui a dit : « Ce qui n'est pas donné est perdu à tout jamais… » Mais nous qui avons offert la vibrante et vivante énergie dont je parle plus haut, il nous paraît que l'angélus de nos idées sonne un peu désormais comme le glas des trépassés.

Bredouille…

Cette écriture quotidienne est le faisceau souvent faiblard de ma loupiote de mineur dans les galeries mal étayées de mon cerveau matin. Creuser, fouiller, tomber sur un filon, extraire, c'est un travail sans fin. Et lorsque tu reviens au jour avec ta brouette de lourdes caillasses, crasseux, dépenaillé, mais plein de ce sourire qui est le curseur des enchantés, tu t'aperçois que ce que tu pensais être diamant ou émeraude, pépite, Eldorado,

n'étaient que pierres semi-précieuses, pyrite, cristal de roche ou cailloux incrustés de mica.
J'aurais ainsi passé ma vie à me réjouir de mille brimborions que l'œil impitoyable des orfèvres rejetait à l'instant. Et je m'en retournais, tête basse, pitoyable chercheur, pataugeant dans les moues et les ricanements de mes juges, avec un sac de riens ayant le double poids de la désillusion.

Ne plus savoir…

Le plus délicieux pour moi, où que mes pas me portent, même dans un périmètre de quelques ares qui m'est pourtant bien familier, c'est de ne plus savoir ni où je suis ni où je vais.
C'est au coin de la rue, sur la colline en face ou dans l'enclos de mes pensées, que j'ai tout rencontré.
Le Monde est grand sans doute, mais un arpent de terre ou de rocher contient la Voie lactée.
Il nous suffit pour l'éprouver de quitter tout l'appris et ses subordonnés, de faire

table rase de ce que l'on croit posséder et d'entrer de plain-pied dans l'inconnu de nos désirs les plus primaires, les moins domestiqués.
Celui qui est neuf, décrassé, vif, sans habitudes, sans passé, possède la joie d'un gamin s'imaginant sur un trois-mâts en pleine mer des Caraïbes à regarder un bout de bois flotter sur un bassin rond comme un œil blanc d'aveugle où se reflètent les cohortes silencieuses de tous ses rêves prodigieux.

Invisibles moineaux...

Les matins de brouillard sur l'épaisse forêt de chênes tout est gris sur du vert.
Et le silence est lourd. Je m'en veux, quelquefois, de vous envoyer ces lettres matinales qui sont les scories de mes nuits. À défaut de pain je partage des mots comme on émiette une miche à peine sortie du four pour d'invisibles moineaux.
Le ciel me couvre et me protège, c'est mon manteau de soie. La Terre me nourrit, c'est mon garde-manger.

Et comment je pourrais ne pas distribuer tous ces petits trésors que le jour me confie? « Bonbons, caramels, chocolats glacés... » Je suis l'ouvreuse de vos entractes, le balayeur de vos angoisses, l'éboueur de tous vos crépuscules, le polisseur de vos diamants bruts, la sentinelle de vos blues, le déchireur de brumes.
Et si j'arrive parfois à percer le mur de vos prisons, c'est un rai de lumière balayant tout l'obscur. Le reste vous appartient. À vous de démolir vos cachots, à coups de tout ce que vous voudrez.
La liberté, c'est de casser nos vieilles chrysalides, de se fringuer avec la peau d'un nouveau-né, se balader léger, l'esprit désencombré comme sur un nuage, et même de la mort s'en faire une copine. L'échec est mon cousin, la tristesse ma mie, et mes maîtresses sont nombreuses : mélancolie, rage, fureur, nostalgie, la joie ma préférée.

Il parlait d'autre chose... On ne comprenait pas. Il insistait, tambourinait gentiment sur les portes de bois que personne n'ouvrait. Faisait le tour de la maison et des clôtures comme un témoin de Jéhovah. Pour lui les chiens n'aboyaient pas. Ni costume, ni cravate, ni opuscule de la foi. Pas même un vieux cartable, ni même grosse haleine et teint cadavéreux des humiliés sentant sous les aisselles, chargés de vieux versets traduits même en chinois. Non, il était seul, sans l'ombre d'un cortège et sans aucun contrat avec qui que ce soit.
Il relançait en les lisant, au ciel aux arbres et aux nuages, aux animaux quelques fois, à quelques âmes attentives sensibles à sa voix, ce qui venait entre ses doigts pourtant bien maladroits. Des gribouillis arrachés à la hâte, curieux mélange, bouillasse de messages venus de partout à la fois. Du haut, du bas, du front et des entrailles. Pauvre gars.
Ce qui est touchant avec cette curieuse espèce c'est qu'ils n'arrêtent pas. Ils sont secs et costauds, butés comme taureaux,

fragiles comme chardonnerets, vivent de rien, de rêves et d'exploits, et quoi qu'il arrive marchent droit. Ils sont taillés pour ce boulot de colporteur, de Zampano des Mots et de briseurs de chaînes dans les pires déserts provinciaux. C'est l'énergie qui parle, ce mystère électromagnétique faisant vibrer leur cœur, leurs tripes et leur cerveau. Il fut un temps on les nommait « prophètes », puis on leur attribua le petit nom de « poète ». D'illuminés aux mains dorées on en fit de pauvres "allumés". Sûr que demain, si ce n'est déjà fait, on en fera de délirantes bêtes, des errants de la tête. Avec mépris on dira des « paumés », des « ratés », des ambulants du cervelet.
Ils parlent toujours d'autre chose. On ne les comprend toujours pas. Si l'infini ne chante plus, c'est la faute aux fronts bas qui ont fermé le Ciel aux mendiants de Lumière.

Pourquoi tu n'as pas vu...

Combien de fois nous sommes-nous détournés de ceux que l'on prétendait

« lourds »? Ils nous suivaient, collaient aux basques, nous regardaient de leurs grands yeux écarquillés, jamais envieux, émerveillés, comme si nous détenions je ne sais quel secret qui en réalité n'était que le fruit âpre et sans goût de notre stupide arrogance. Oui, nous les trouvions lourds et encombrants et prenions nos distances comme on tourne le dos à l'impossible naïveté d'une tendresse illimitée. Ce qu'ils voulaient c'était notre confiance, une accolade, une main, trois petits sous d'amitié pure. Mais nous caracolions vers la fausse aventure d'écoliers ivres et balourds leur préférant nos illusions à la beauté intacte et pure de leur amour sans condition, qui était là, sous notre nez.

Le Courage

Au croisement de chaque épreuve, cœur entier à l'ouvrage, montgolfière gonflée, toutes voiles dehors, il y a le Courage, le si beau mot des chevaliers, l'assaut vibrant d'une pensée tendue sous le grand vent des indomptés. Le courage,

c'est dans un seul élan, avoir la capacité de rassembler tous les flux d'énergie éparpillés aux quatre coins de notre esprit.
Rien de bien glorieux, un effet de nature, une montée de sève, rien qu'une volonté ou un assaut parfois désespéré face à l'adversité. N'ayant plus rien à perdre, acculé, le cœur, dans un réflexe héroïque, se cabre, piaffe, surgit de sa tanière et affronte cornes baissées, sans réfléchir, avec un brin de fierté, le danger. Qui ne connaît la belle histoire de la chèvre de monsieur Seguin ou de Roland de Roncevaux ? Tant d'autres encore à qui il fut donné, anonymes, d'offrir leur être entier, sachant qu'ils n'en reviendraient pas. Ce sursaut de bravoure leur procure l'énergie et la joie d'une ultime bataille. Arbres, Animaux ou Humains, tout ce qui vit, possède cette qualité rare d'affronter droit debout, la foudre ou la blessure, pestes, guerres et choléras, avec un sens inné du dépassement, comme une entaille dans la pierre, la marque d'une espèce fière allant toujours vers l'au-delà, refusant de se soumettre aux aléas, aux misérables et détestables

entraves d'ici-bas.
Ainsi ce qui est vivant possède ce surprenant cyclone d'héroïsme qui, du pleureur, de l'affligé, du craintif, du tremblant, en fait un fauve élégant capable de mourir et de vaincre sa peur jusqu'au dernier soupir.
Tout est fait, tout est dit, la mort peut nous cueillir. Elle est belle compagne, linceul comme étendard, l'infini droit devant, deux lunes, trois étoiles, lumière ou néant. Rien n'est plus noble que cette acceptation, ce silence de l'être au bout de son combat.

La Patience

Savoir attendre, où que l'on soit, sans souffler, piétiner, renâcler, râler, hérissé d'impatience, les nerfs au court-bouillon. Blanches plages hors du temps, ces délicieux moments que l'on redoute, que l'on méprise, que l'on abhorre, dont on ne sait que faire, temps que l'on nomme « perdu », où l'on ne voit plus rien, où l'on se désespère, sont en réalité des ponts bien nécessaires entre deux mondes en

mouvement. Salles d'attente, dentiste, médecin, gares, quais portuaires, aéroports, bureaux et hôpitaux, banques, rendez-vous manqués, ces heures, ces milliers d'heures devraient être les lieux d'une calme pensée. Tant de regards à apporter, tant d'impatience à apaiser ! Un seul et vrai sourire a le pouvoir de tout poser.
Savoir attendre sans broncher est le trésor des humbles. Ils prennent ce qui vient comme bulle irisée et d'un vide énervé en font un chapelet de perles, un collier de conscience éclairée. Apprenez à attendre… observez bien de tous côtés. Soyez caméléon, prenez couleur de ce que vous voyez. Chaque mot compte. Chaque prunelle contient tout l'océan du singulier. Apprenez à attendre. Vous avez tout à y gagner.

Lucidité...

Belle lucidité ! Pas un coin d'ombre, tout est clarté. Devant, derrière, sur les côtés. Œillères inutiles. Ni méfiance, ni chagrin, ni crainte, ni regrets. Droit devant, sans hésiter, toujours aller, comme aimanté, furieusement parfois, depuis notre naissance…ou l'absolue nécessité de mécaniquement exister afin de mieux comprendre et d'où l'on vient, ce que l'on fait et où l'on va. Le beau chemin des clairvoyants!

La confusion cependant fait souvent irruption. « Il n'est si bon cheval qui ne bronche ». Un peu tremblants et hésitants il nous faut tâtonner. C'est sans compter sur la main invisible qui rudement, tirant sur la longe, nous remet sur la voie. Et quand bien même nous irions, curieux de tout, vagabonder sur d'insalubres et d'infertiles terres, rien ne nous empêchera d'en ramener les denses pierres noires tombées d'un ciel obscur et silencieux.

Chargés comme baudets, viendra le jour pourtant où de nos vieilles besaces trouées tomberont toutes nos fausses et nécessaires trouvailles. Et c'est léger enfin que nous repartirons vers la conque dorée, l'Appel de ce chant sourd n'ayant jamais cessé, tout au long de nos vies, de fredonner la comptine sacrée, cette adorable ritournelle qu'en vain par tous les moyens, bruits, ambitions, actions désordonnées ou le bourdon des déceptions, nous ne cessions d'étouffer. Car rien n'est plus tenace et à la fois discret que la lucidité.

La confiance

La confiance est un fruit ne cessant de mûrir aux soleils de la foi. Été, automne, hiver, fantasme ou illusion, chimère ou invention, cette tiède lumière invite à l'abandon. La confiance est sans doute le mot le plus sucré de toute création. Peu nous importe d'être traités de naïfs, d'innocents, d'idiots ou de benêts. S'en remettre à l'invisible aurore d'infiniment plus grand que soi, en aucun cas n'est signe de soumission. La seule lumineuse liberté est dans ce choix. Et si l'imaginaire est le sentier de l'intuition, suivons le pas à pas, entre buissons et épineux, mûres, fruitiers sauvages, pêches de vignes, griottes, jujubiers, guidés par le bleu liseron, le suave parfum du jasmin et cette odeur inimitable de la béatitude qui, comme un champ de blé, ondule sous le ciel, en attendant notre moisson.

Étonnante alchimie...

J'ai bu jusqu'à la lie le bol de l'amertume... et j'en ai fait du petit lait. Du lourd poison des orchidées j'en ai extrait du sirop et du miel. J'ai englouti l'abattement, les ombres et la grisaille pour en faire des ailes. Et la cigüe des humeurs noires est devenue cocktail des soirées adoucies. De l'ouragan venait le calme vert et immense d'une prairie en plein midi.
C'est y pas beau d'être alchimiste, d'être taillé comme un lutteur, de trafiquer les améthystes pour en faire son beurre avec la joie d'un bateleur! C'est bien mon seul talent d'aller envers et contre tout, là-bas, droit et devant, porté par tous ces mots qui me viennent d'ailleurs. Quoi qu'il arrive, quoi qu'on me dise, après un peu de flottement, j'ai toujours trouvé, c'est miracle, un courant ascendant ou la main généreuse d'un frère ou d'un ami, si discrets que je n'ai pas senti passer la pauvreté.

Ce qui m'aurait terriblement aidé, aurait été d'avoir un lecteur confident, juge et patient qui aurait suivi pas à pas ma longue et épuisante course dans le pays de l'écriture ou l'ascension interminable avec sac à dos, bonnet, provisions, couvertures, d'une montagne dont le sommet se perd à tout jamais dans les nuages. Biographe, critique, capable de synthèse, il aurait sûrement découvert ce qui fait l'unité de mes milliers de pages et compris mes glissades, errements, bafouillages, tous les brouillons de mon esprit simplet. Sans doute il m'aurait dit : « Ce n'est pas l'énergie qui vous manque… Ce qui vous manque c'est la clarté et la rigueur d'une pensée. Vous batifolez avec les mots comme un chien fou dans la rosée. Vous soulevez un lièvre, on s'intéresse… et vous partez à l'opposé en reniflant tous les terriers. C'est sympathique, parfois jubilatoire, on se laisse vite emporter par le joyeux crépitement des phrases, mais, si je puis me permettre, vous n'allez pas au bout.»
– Oui, je sais, enfin je le sens bien... il y a

pour moi un mur que je ne peux franchir.
– Je vous rassure, chaque auteur a le sien. Et même les anciens. Et si certains, plus logiques, bâtissent un empire avec un souffle de coureurs de fond, ils butent bêtement sur leurs propres entraves ou tirent sur leur longe sans pouvoir attraper le chardon délicieux qui est à un mètre d'eux. On admirera leur malice, leur adroite manière de serrer au plus près leurs pensées aiguisées, mais tous finissent un jour par trouver leurs limites et tournent et retournent avec talent dans l'enclos de leurs mots. Seuls peut-être quelques poètes visionnaires ou quelques fantaisistes novateurs ont la capacité de briser leurs barrières, et vous avez un peu cet aspect-là. Mais après, eux-mêmes se perdent, pataugeant dans leurs propres jargons, noyés dans des constellations parfaitement inhabitables où leur raison chancelle sous l'effet écrasant de terribles mystères. N'allez pas jusque-là. Gardez au moins bel équilibre. Surtout n'aboyez pas après les caravanes saluées de Hourrah. Retirez-vous des anathèmes et des prédications. Ne vous contentez pas de votre petit don et vous avez raison,

vous en parlez souvent, laissez une autre Voix vous précéder. Car c'est elle, bien en dehors des mots et de leur chansonnette qui, doucement, vous guidera vers d'autres horizons.

– Tout ce que vous me dites mérite réflexion. C'est que…je n'ai pas l'habitude qu'on se penche, comme vous venez de le faire, avec autant de suggestions, sur un travail, pardonnez-moi le mot est fort, dont je ne mesure aucunement l'effet. Tout ce que je mesure c'est la distance qui se creuse entre un moi écrivant et les nécessités du monde. Je perds pieds... et entre un tourbillon de nébuleuses et le bon vieux lisier ou marécage qui est la tiédeur du quotidien, j'ai bien du mal à garder l'équilibre…

Sur ce, mon compagnon, mon double, biographe, lecteur et confident, hausserait les épaules et me laisserait coi. Avant de me quitter, il se retournerait et calme me dirait : «Le choix mon pauvre ami, c'est de poursuivre sans filet. Un jour, peut-être le dernier, vide de tous vos mots, flottant dans l'ultime silence, vous comprendrez quel était votre rôle dans cette extensible et tiède matrice que représente l'infini… Je vous salue Alain… Peut-être même avec un peu de gouaille s'en irait-il enfin avec un « Et bien le bonjour à vot' dame… »

Derniers seigneurs…

J'ai toujours eu tendresse pour les paniers percés, les généreux, imprévoyants, les donateurs tous horizons qui offrent et dépensent sans compter et se retrouvent poches vides, un soir, midi, un beau matin. Ils n'avaient rien anticipé. Il faut les voir, ruinés, tout de travers, les escogriffes au grand cœur, avec leurs longs manteaux qui n'ont plus d'âge. Ils vont toujours la tête haute, pauvres et élégants, souriant aux platanes, parlent tout bas sans distinction aux chiens errants, aux goélands et aux enfants. On les retrouve sur des bancs, ont des tirades incroyables arrosées de vin blanc. Et quelques fois de leurs mitaines sortent de longs doigts bleus aux ongles noirs qui ont ravagé l'ivoire ou tenu des violons, serré des tailles et des tempes de leurs mains pleines de passion.

Vous avouerez que ça a une autre gueule que les soucieux de protéger leurs biens, les rapiapias, pingres et ladres, fesses Matthieu, n'ayant de cesse que de prévoir et d'amasser, pognes fermées sur leurs écus et leurs doublons.
Si un sou est un sou, un fou tout rutilant est bien mieux qu'un pommier. Il offre ce qu'il a, toutes saisons dehors, sans se soucier de ce dernier hiver où de toute façon, gras ou maigres, retraites ou pensions, nous mourrons tous de froid dans un caveau, en terre simple et belle où intérêts et dividendes, calculs de boutiquier ne seront qu'illusion. L'éternité a ça de bon, elle ne sait ni compter, ni mettre de côté, ni projets ni épargne, ni lendemain, ni horizons. Imprévisible, elle va son train, sa farandole, dans une nuit sans nom et vogue au noir de l'abandon vers un secret sans fond, sans rime ni raison.

Vers le Silence...

Écrire n'est rien d'autre que de se parler bas. C'est voir surgir du vide un nid grouillant de signes couvrant le mur des pages pour en briser le blanc. On nous l'a rarement fait comprendre mais on le sait confusément, le Silence éternel et délicieux ne se gagne qu'après l'exubérance tropicale de ce qui pousse, met sans arrêt le monde en mouvement et envahit l'esprit... jusqu'à enfin pouvoir se taire, l'âme légère et sans abri, hors du Temps, hors du bruit. Là tout est fait, là tout est dit, tout est saisi et révélé dans un amour illimité. En attendant, les Mots, nos pauvres mots, sont l'antichambre de la Vie.

FIN

DU MÊME AUTEUR

LES VOIX DE BRUME (nouvelles)
J.M Laffont - 1982

STANISLAS (roman)
Editions du quai - 1983- Premier prix Marcel Pagnol

LE MANGEUR DE PEUR (roman)
Quelqu'un Éditeur

LA CORNE DE DIEU (roman)
Quelqu'un Éditeur (1984)

L'OCEAN VERTICAL (texte)
Quelqu'un Éditeur (1984)

MACADAM EPITAPHE (texte)
Edition La Correntille - 1986
Plume d'or d'Antibes et
Prix Gilbert Dupé

LE CIEL AU VENTRE (texte)
Edition La Correntille - 1993

LES ANGES DISPARAISSENT (roman)
Editions Autres Temps - 1998

FIN (texte)
Editions Blanc - 1999

ET VOTRE ÉTERNITE SERA LA SOMME
DE VOS RÊVES (roman)
Coécrit avec Claude Crusca
Edition La Correntille - 2008

L'OMBRE D'UN DOUTE (théâtre)
Edition La Correntille - 2008
Festival off d'Avignon - 2011

LES RÉVEILLÉS DE L'OMBRE (théâtre)
Edition La Correntille - 2013

ZOE (roman)
Editions Mercure de France - 2015

CHAQUE SECONDE EST UN MURMURE (roman)
Editions Mercure de France - 2016

DES MOTS DE CONTREBANDE (texte)
Editions La Trace - 2018

COMME UN ENFANT QUI JOUE TOUT SEUL (roman)
Editions La Trace - 2019

MAYACUMBRA (roman)
Editions La Trace - 2020

CONFESSIONS (ou les spams d'une âme en peine) (texte)
Éditions La Trace - 2021

L'HOMME QUI VEILLE DANS LA PIERRE (roman)
Editions La Trace - 2022

ARSENIC et ECZEMA (théâtre)
Edition les Cahiers de l'Égaré - 2023

M
Edition les Cahiers de l'Égaré - 2023

ÉDITIONS
LA TRACE

1ère édition
Dépôt légal Janvier 2024
Achevé d'imprimer en Union européenne